Smart!

スマート

キーラン・ウッズの事件簿

キム・スレイター 作

武富博子 訳

評論社

SMART

by Kim Slater

装画=祖敷大輔
装幀=水野哲也（Watermark）

スマート――キーラン・ウッズの事件簿《じけんぼ》――

「わたしは単純《たんじゅん》な人間です」

L《エル》・S《エス》・ラウリー

① 水死体

はじめはただ、ぼろきれのかたまりが水に浮《う》かんでいるのかと思った。

ジーンさんは真鍮《しんちゅう》のプレートのついたベンチにすわっていた。プレートには「ここでいつも幸せな時を過《す》ごしていたノーマン・リーブズの思い出に」という文字がきざまれている。

つまり、ノーマン・リーブズは死んでいる、という意味だ。死んだとは書いていないけど。

ジーンさんは顔を両手でおさえて、体をがくんがくんとふるわせていた。笑っているか、泣いているときのように。泣いていると判断《はんだん》したぼくは正しかった。

「あの人は、あたしの友だちだったんだよ」ジーンさんはしゃくりあげた。

あたりを見まわしたけど、ジーンさんしかいなかった。このへんの人たちは、ジーンさんのことを「イカレてる」と言う。頭がおかしいという意味だ。ジーンさんは昔、赤ちゃんが生まれる手助けをする助産師《じょさんし》の仕事をしていた。医学の本で勉強したから今でも物知りなのに、誰《だれ》もジーンさんの言うことを信じない。

「誰のことですか？」ぼくはきいた。

ジーンさんはぼろきれを指さした。

ぼくは川岸のへりまで行って、川をのぞきこんだ。しまもようの袋《ふくろ》が水のなかに半分しずんでいた。そして、ぼろきれのまんなかあたりに、さざ波をかぶって、もじゃもじゃのあごひげを生やした顔が見えた。片方《かたほう》の目をひらき、もう片方をとじている。

ぼくはぎょっとした。頭のなかで海の音が鳴りはじめたから、走って橋のむこうまで行って帰ってきたけど、助けてくれる人は見あたらなかった。喘息《ぜんそく》の発作《ほっさ》がおこるかもしれないから、ぼくはバカみたいに走りまわってはいけないことになっている。

「頭のなかで海の音がはじまったら、大事なのは落ちつくことと、息をすることよ」と、クレーン先生は言う。

ぼくは走るのをやめた。落ちついて息をしてみた。吸入器《きゅうにゅうき》を使った。

もとの場所にもどると、ジーンさんはまだ泣いていた。

「あの人は、あたしの友だちだったんだよ」ジーンさんはくりかえした。

ぼくは長い棒《ぼう》を拾って、川岸のへりまで行った。川に浮《う》かぶ顔を、棒でつっついた。目からは離《はな》れた場所を。

「何してるの！」ジーンさんがベンチからさけんだ。

「風船なのか、確《たし》かめてます」ぼくはさけびかえした。

ふくらんでいると同時にかたい感じがしたから、たしかにジーンさんの友だちの顔だとわかった。

「風船だった？」ジーンさんがさけんだ。

むこうから犬をつれた女の人が歩いてきた。

近づいてきたとき、ぼくは言った。

「ジーンさんの友だちが川のなかにいます」

女の人はへんな目でこっちを見て、無視《むし》して歩きつづけようかと思ったみたいだった。

そのあと、もう少し近づいてきて、川をのぞきこんだ。急にキャーッと悲鳴をあげだした。

ぼくは落ちついて息をするために、川岸にそって歩いていった。カナダガンが何羽か、すべるようにすうっと水面におりてきた。ぼろきれやふくらんだ顔のことなんか気にもしていない。ふだんどおりにふるまっている。

またもとの場所にもどると、男の警察官《けいさつかん》と女の警察官が、さっきの犬をつれた女の人と話していた。ジーンさんはまだベンチにすわっていたけど、誰にも話しかけられていない。

「あの子よ」女の人がぼくを指さした。

「ぼうや、名前は？」男の警察官《けいさつかん》がきいた。

「ぼくはあなたのぼうやじゃありません。ぼくの父さんは死にました。リンゴ酒を飲まないといけなくなる病気で、朝でも飲んでいたんです」

男の警察官と女の警察官は顔を見あわせた。

「ねえ、きみ。ここで何があったか話してくれる？」

女の警察官はやさしい顔をしていて、急いで仕事に出かけるとき以外の母さんに似《に》ていた。女の警察官は川のほうに顔をむけてたずねた。

「きみが見つけたときは、もう川に浮《う》かんでいたの？」

「最初はぼろきれかと思いました」

「あの人は、あたしの友だちだったんだよ」ジーンさんがベンチからさけんだ。

女の警察官はぼくの名前と住所をきいて書きとめた。

「きみがここに来たときから、ずっとあのまま？」

「頭がもう少し橋のほうをむいてました。ぼくが棒《ぼう》でつっつくまでは」

「えっ、棒で？」

「風船なのか本物の頭なのか確《たし》かめたかったんです」

犬をつれた女の人が金切り声をあげた。その声に、女の警察官までびくっとした。

「やっぱり本物の頭でした」

「あの浮浪者《ふろうしゃ》のおばあさんのほかに、誰《だれ》か見かけなかったか？」男の警察官がきいた。

「ジーンさんは助産師《じょさんし》さんでした。頭はおかしくありません」

白いワゴン車がやってきた。車体の横に「警察水難救助隊《すいなんきゅうじょたい》」と書いてあり、青いライトがちかちか光っている。車が停まっても、ライトはまだ光っていた。

「キーラン」男の警察官がぼくに言った。「このあたりに、ほかの人は誰かいなかったかい？」

「いませんでした。ダイバーは何人、川にもぐるんですか？」

ワゴン車のスライドドアがあいて、警察のダイバーがふたり出てきた。ひれから何から全部身につけている。

「水中で手がかりをさがすなら、呼吸用《こきゅうよう》のタンクがいります」ぼくは言った。

「そこまでいらないでしょ」女の警察官が、ぼくに聞かれたくないと思っているように、声を低くした。「かわいそうに、きっと酔《よ》っぱらって川に落ちたのよ」

ワゴン車の前の席にいた男の人が出てきて、水に浮かぶジーンさんの友だちの写真を何枚《まい》か撮《と》った。それからダイバーたちがついたてを立てて、死体を川から引きあげはじめた。

「どうして、かくすんですか？　ぼくはもう見たのに」

「しかも棒《ぼう》でつっついた」男の警察官《けいさつかん》が言った。「これからは遺体《いたい》を見ても、さわるんじゃないぞ」

警察官たちは、ぼくのそばから離《はな》れていった。

川のむこう岸に少しずつ人が集まってきた。双眼鏡《そうがんきょう》で見ている男の人もひとりいた。

警察は死んだ男の人が持っていたしまもようの袋《ふくろ》の中身を舗道《ほどう》にあけた。毛布《もうふ》と、くつしたが何足か、それからチーズスティックの空袋《あきぶくろ》が出てきた。

ぼくの学校の先輩《せんぱい》がふたりやってきて、見物をはじめた。

「おい、ダウン症《しょう》。おまえ、何しでかしたんだよ？　誰《だれ》かをヤッちゃったのか？」ひとりが言った。

「ぼくはダウン症じゃないよ。染色体《せんしょくたい》に異常《いじょう》はないから」ぼくはこたえた。

「マジで言ってんのかよ？」もうひとりが言った。

そしてふたりで笑いころげた。

② 手紙

将来《しょうらい》、ぼくはイブニング・ポスト新聞の記者になるつもりだ。だからすぐに家に帰って、何もかも書きとめることにした。

何でもかんでもノートに書きこんでいるわけじゃない。昔は、いやなことがあったときだけ書いていた。たとえば、おばあちゃんが、うちにもう来なくなってしまったこと。

でも今は、興味《きょうみ》深いと思ったできごとも全部書きとめている。そうすれば学校を卒業したあと、イブニング・ポスト新聞の編集《へんしゅう》局長に、うちで記事を書いてほしい、と言ってもらえる。記事を書く能力《のうりょく》をしめすには、ノートを見せればいいんだ。

川でおこったよくないできごとは、まちがいなく興味深い。

ぼくは世界一と言えそうに小さい字が書ける。自分でも読めないときがあるくらいだ。だから、ぼくが書いたことを誰かが読んで人にしゃべるなんてありえない。それがいちばんの利点《りてん》だ。人は信用できないけど、自分のノートなら信用できる。

ぼくはマンガ本『年刊《ねんかん》ビーノ』の古い巻《かん》のページを全部やぶりとって、なかにノートをかくしている。その本はベッドの下につんであるほかの巻のまんなかへんにさしこんである。こうしておけば、ノートは絶対《ぜったい》に誰《だれ》にも見つからない。

だから、ぼくはノートに書くのが好きなんだ。人が考えつくかぎりのどんなことを書いても、誰にもしかられない。

自分の。思うように。できる。

こんなふうに、文節《ぶんせつ》ひとつだけの文を書いてもいい。決めるのは自分だ。

ぼくはイギリスのノッティンガム市に住んでいる。ノッティンガム城《じょう》があるまんなかあたりじゃなくて、まんなかのはしのほう。

「街の中心部から少しはずれたところね」とクレーン先生は言う。

ぼくは「まんなかのはし」と言うほうが好きだ。そのほうが場所らしい感じがするから。

あのロビン・フッドはノッティンガム出身だ。何百年も前にシャーウッドの森で暮《く》らしながら、陽気な仲間たちをまとめていて、そのなかには「ちびのジョン」という大男もいた。ヨークシャーの人たちが、あるときロビン・フッドを横どりしようとした。ロビン・

フッドのことをヨークシャー生まれだと言いはったけど、結局、科学者たちによってノッティンガム生まれだと証明《しょうめい》されたのだ。

ぼくはちょっと立ちどまって、川岸と、警察《けいさつ》のワゴン車のちかちか光る青いライトのほうをふりかえった。

ときどき、川をながめながら、これはほそながいひとすじの海なんだと想像《そうぞう》する。ずっとたどっていって、一年近くたったら、オーストラリアに行きつけるのだ。川はロビン・フッドが生きていたころからここにある。もしかしたらロビン・フッドもぼくとまったく同じ場所に立って、この川を見ていたかもしれない。前に一度、兄さんのライアンにそう言ったことがある。

「あたりまえじゃん」ライアンはこたえた。「このウスノロバカ」

ライアンはぼくの兄さんだけど、本当の兄さんではない。母さんも父さんもちがうから。ぼくの父さんは死んでいる。母さんがとっておいてくれた写真でしか、ぼくは父さんを知らない。父さんが死んだとき、ぼくはまだ赤ちゃんだった。クレーン先生は、自分が体験したことは何もかも脳《のう》が記憶《きおく》していると言う。だけど記憶の一部は、脳のなかの使われていない「無意識《むいしき》」と呼《よ》ばれるところに鍵《かぎ》をかけてとじこめられるから、ぼくたちはすべてを思いだすことはできないのだ。

ぼくの「無意識《むいしき》」のなかには、父さんがぼくをあやしたり寝《ね》かしつけたりしている画像《がぞう》や映像《えいぞう》が入っている。それをうばいとって燃《も》やすことは、誰《だれ》にもできやしない。そういうものを、脳《のう》の鍵《かぎ》のかかった場所からとりだして、もう一度見ることができればどんなにかいいのにと思う。

ぼくは家に帰ると、階段《かいだん》をあがる前に、居間《いま》のドアの前で立ちどまったけど、誰もこっちを見なかった。母さんはまだ仕事から帰っていなかったから、川でおこったことを話せなかった。母さんはぼくが起きる前に仕事に出かけて、ぼくが寝るまで帰ってこないこともある。土日でも。

トニーはソファに寝そべって、タバコを吸《す》いながら、ほとんど目をとじていた。ライアンは「コールオブデューティ」というゲームをやっていた。銃声《じゅうせい》の音がものすごく大きかった。母さんがいいと言う音より大きい。

母さんにトニーのことを「父さん」と呼《よ》ばされているけど、毎回その直後に頭のなかでひそかに「トニー」と呼んでいるから、帳消《ちょうけ》しになるんだ。

ライアンは九月のはじめから、メディア学の専門《せんもん》学校に通うはずだった。でも二日行っただけでいやになった。そうしたら、トニーがやめていいと言ったのだ。それ以来、ライアンは家で一日じゅう、戦争ゲームをやっている。昼間だけでなく夜もほとんどずっと。

ステージをひとつクリアするたびにめちゃめちゃにさわぐ。本物のアフガニスタンにいる兵士になったみたいに。

「やった！　ざまあみろ！」ライアンは何度もさけびながら、ぼくの腕《うで》をパンチした。

自分が何かでいちばんになったと思ったときに、そういう言いかたをする。ライアンは「コールオブデューティ」でいちばんになったと思っているのだ。

「ぼくのクラスのディーン・シェルトンは最終ステージまで行ったよ」と教えてあげた。

「黙《だま》れ」ライアンはどなった。「ぶったたくぞ、くそ野郎《やろう》（ピーッ！）」

こうやって言葉のうしろに「ピーッ！」と書くと、悪いののしり言葉にこもっている毒を完全に消せるんだ。

大昔に誰かが、ありとあらゆるものをそれぞれ何という言葉で呼ぶか決めた。たとえば、すわるための木でできたものは「椅子《いす》」という言葉になった。でも、もし「バ……ウ」と呼ぶことにしていたらどうだろう？　そうしたら、ぼくたちは「バ……ウ」にすわって、きらいな人のことを「椅子」と呼んでいたかもしれない。

「そのとおりね」学校で質問《しつもん》したら、クレーン先生はそうこたえた。「大事なのは、言葉にどんな意味を結びつけるかってことよ」

ぼくはイブニング・ポスト新聞でしばらく仕事をしたら、ニュース専門のテレビ局、スカイ・ニュースで働きたい。

スカイ・ニュースは「速報《そくほう》のスカイ」と呼《よ》ばれている。政治家たちは真っ先にスカイ・ニュースと話をしたがる。イギリスの公共放送BBC《ビービーシー》よりも先にだ。

ニュースキャスターのジェレミー・トンプソンは好きだけど、ぼくはニュースの解説《かいせつ》はしたくない。ぼくがやりたいのは、マーティン・ブラントのような仕事だ。スカイ・ニュースのチームのなかでいちばん好きな人なんだ。

マーティン・ブラントは事件《じけん》記者だ。ものすごくひどいことがおこったときに登場する。たとえば、殺人事件。もしマーティン・ブラントがこのあたりに住んでいたら、今ごろ川岸にいて、水死体となったジーンさんの友だちについて視聴者《しちょうしゃ》に伝えているはずだ。

スカイ・ニュースのカメラマンが、ぼろきれをズームで撮影《さつえい》するだろう。スタジオには犯罪《はんざい》の専門家《せんもんか》が呼ばれて、殺人犯《さつじんはん》がどんな人なのか予測《よそく》するだろう。そういう専門家は「犯罪学者」と呼ばれる。犯人がどんな車に乗っているか、まだ両親といっしょに暮《く》らしているか、そんなことまで知っているのだ。

ぼくは自分の部屋で、これまで見たことを全部、証拠《しょうこ》としてノートに書きとめた。すべて書きされるように、ものすごく小さな字で書いた。実際《じっさい》におこったことは何もかも「証拠」となる。テレビドラマの「CSI《シーエスアイ》：科学捜査班《そうさはん》」を見ていると、何が証拠なのかは、あとになるまでわからないときがある。そういうとき、あとからノートを見て確認《かくにん》するのだ。

ぼくは今朝《けさ》どんな人を見かけたか、すべて書きとめた。ジーンさんも含《ふく》めて。この段階《だんかい》では、誰《だれ》もが容疑者《ようぎしゃ》だ。本当はジーンさんが何もしていないことはわかっている。なぜなら、もと助産師《じょさんし》さんだから。でもスカイ・ニュースに出てくる目撃者《もくげきしゃ》はたまにこう言ったりする。

「信じられません……。だって、近所に住んでいる、ごくふつうの女の人だったんです」

ジーンさんはどこにも住んでいない。みんなはホームレスの人たちのことが好きじゃなくて、くさいとか仕事をするべきだとか言う。

その話をしたら、ジーンさんはこう言った。

「おなかすかせて凍《こご》えてる人の半数でも仕事を見つけられるもんなら、そりゃいいよね」

ジーンさんはノッティンガム郊外《こうがい》のウラトンにある大きな家に、夫と、パイロットになりたいと思っていた息子《むすこ》のティムと三人で暮らしていた。ティムがバイク事故《じこ》で死んだあと、ジーンさんは少しでもつらくなくなるように、お酒を飲みはじめた。夫が出ていって、ジーンさんは仕事を失った。

「あたしは神経衰弱《しんけいすいじゃく》になっちゃったの」ある日、川岸でいっしょにすわっていたとき、ジーンさんは言った。「治ったときには、夫も仕事も家もなくなっていたってわけ」

それでジーンさんはホームレスになった。でもホームレスだからといって、友だちを殺したことにはならない。


つぎの日、クレーン先生に、ホームレスのおじいさんが殺された話をした。

「川に落ちただけかもしれないでしょ」クレーン先生は言った。「結論《けつろん》を急ぐのはよくないわよ」

川に落ちただけなんて、つまらない。マーティン・ブラントなら、きっと殺人犯《さつじんはん》を見つけてくれるはずだ。

授業中《じゅぎょうちゅう》に、ぼくは手紙を書いた。

拝啓《はいけい》
マーティン・ブラント様
近所の川で、ホームレスのおじいさんが~~死にました。~~殺されました。
その人はジーンさんの友だちでした。
カメラマンと犯罪《はんざい》学者といっしょに

来ていただけませんか？
ぼくはイブニング・ポスト新聞でしばらく
仕事をしたあと、あなたといっしょに
スカイ・ニュースで働きたいと思っています。
敬具《けいぐ》
ノッティンガム
メドウズ中等学校九年生
キーラン・ウッズ

ぼくがちゃんと「拝啓」と「敬具」を書いたので、クレーン先生は喜んだ。手紙を封筒《ふうとう》に入れる前に、ぼくは「死にました」を消して、「殺されました」に直した。

クレーン先生は見ていなかった。

③ 証拠《しょうこ》

学校から家にもどったとき、母さんがまだ帰っていなかったから、ぼくはすぐに自分の部屋にあがってノートを読みかえし、重要な証拠を書きおとしていないか確《たし》かめた。それからスケッチブックをとりだした。

スケッチブックはベッドの下の、ノートのとなりにかくしてある。ぼくがスケッチブックに描《か》いた絵のなかには、誰《だれ》かが見たら、ほかの人に見られたくないと思うかもしれない絵もある。

「秘密情報《ひみつじょうほう》ね」とクレーン先生は言う。

秘密情報は絵にすると、絵が上手なら、とてもわかりやすく伝えられる。言葉はいらない。

ぼくはクラスでいちばん絵が上手で、学校でもいちばんだ。これは自慢《じまん》でも何でもない。どんなものでも一度か二度見れば、鉛筆《えんぴつ》を使って写真のように描ける。

すごくかんたんなんだ。

ぼくにはお気に入りの鉛筆セットがある。専用《せんよう》の木箱に入っている。鉛筆は十二本そろっているけど、おそろいの鉛筆けずりはなくなってしまった。木箱のふたには金色の文字で「スケッチ鉛筆セット　5B《ビー》～5H《エッチ》」と書いてある。去年、学校で参加した青少年美《び》術《じゅつ》コンクールで、最優秀《さいゆうしゅう》賞《しょう》を受賞して、もらったんだ。

コンクールにはノッティンガム市のすべての学校が参加した。絵のうまい生徒だけが応《おう》募《ぼ》できた。

審査員《しんさいん》は作家のジュリア・ドナルドソンだった。すばらしい絵を描くイラストレーターといっしょに仕事をしているから、どんな絵がいい絵なのかよく知っている。

ぼくが受賞した部門には、ぼくと同じか、少し年上の生徒が応募していた。

「十六歳《さい》未満の部門ね」とクレーン先生は言っていた。

市役所で受賞式がおこなわれた。母さんはがんばって見にいくと言っていたのに、トニーとけんかして、みんなに目のまわりのあざを見られたくないからと来るのをやめてしまった。ぼくがステージにあがって賞状《しょうじょう》と鉛筆セットを受けとると、みんなはまるで知り合いのようにはくしゅした。ぼくは母さんが来ているふりをして、手をふった。

そのあと、ほかの生徒たちが親といっしょに立っていたとき、クレーン先生がずっとそばにいてくれた。みんなでアルコールの入っていないシャンパンを飲んで、おいしいつめものが入ったふかふかの小さなパイを食べた。最高だった。

受賞式《じゅしょうしき》からもどったら、家には誰《だれ》もいなかった。ぼくはキッチンのテーブルの前にすわって、母さんを待ちながら、賞品の鉛筆《えんぴつ》セットの箱をながめていた。心のなかがじんわりあたたかくておだやかな気分だった。突然《とつぜん》、勝手口のドアがあいて、ぼくが絵や鉛筆セットをかくす間もなく、ライアンが入ってきた。

「見せてみろ」

ライアンはぼくの絵をとりあげた。少ししてから、こう言った。

「絵の描《か》きかた、教えてくれる?」

小さな声だった。顔を見ると、ぜんぜんにやにやしていなかった。真剣《しんけん》だったんだ。

そのとき、勝手口のドアがもう一回あいて、トニーがどしどしキッチンに入ってきた。ぼくたちの目の前で、ぴたりと立ちどまった。

ライアンが顔をふせた。

「お、おれはただ……」

「ただ、何だ?」

「ただ、つまんないもんをテーブルからどけろって言ったんだ!」

ライアンはぼくの絵と鉛筆セットを床《ゆか》にはたき落とした。

ぼくは必死になって、ライアンにめちゃくちゃにされる前に、絵と鉛筆セットをかきあつめた。鉛筆はあちこちに転がっていたけど、なんとか全部とりもどすことができた。二階にあがってから、鉛筆けずりがないことに気がついた。母さんは家に帰ってくると、いっしょにさがしてくれて、トニーとライアンにもきいてくれたけど、ふたりとも知らないとこたえた。鉛筆けずりは消えてしまったんだ。

ぼくのスケッチ用の鉛筆はどれも同じに見えるけど、芯《しん》のかたさが全部ちがう。すごくかたい芯の鉛筆は、小さくてこまかい部分を描くのに使う。たとえば、目。ぎゃくに、やわらかい芯の鉛筆は、広い部分をぬるのにいい。たとえば、空。それからとても重要なのは、紙に鉛筆をおしつけるときの力加減《かげん》だ。圧力《あつりょく》を変えると、描いたときの濃《こ》さが変わる。とにかく、ものすごく複雑《ふくざつ》なのだ。自分が何をしているのか、ちゃんとわかっていないと。

ぼくがいちばん好きな画家は、ローレンス・スティーヴン・ラウリーという男の人だ。L《エル》・S《エス》・ラウリーとちぢめて呼《よ》ばれている。ラウリーはぼくよりもさらに絵がうまい。前におばあちゃんが、本物のラウリーの絵を見にマンチェスターの美術館《びじゅつかん》につれていってくれると言っていた。でもそのあと、おばあちゃんは母さんとトニーとけんかしたから、結局行けていない。

ラウリーはマッチ棒《ぼう》みたいな人間や猫《ねこ》や犬しか描《か》かなかったと思われている。そんな歌《か》詞《し》の歌まであるくらいだ。でも、実際《じっさい》はちがう。ラウリーはありとあらゆるものを描いたし、すばらしいスケッチも残している。

青少年美術《びじゅつ》コンクールで受賞したとき、クレーン先生が『L《エル》・S《エス》・ラウリー　作品と生涯《しょうがい》』というぶあつい本を買ってくれた。作者はT《ティー》・G《ジー》・ローゼンタールといって、ぼくよりもさらにラウリーのことをよく知っている。

ラウリーのお母さんが死んだとき、ラウリーはものすごく悲しんだ。人間や犬を描くのをやめてしまった。海を描いたけど、船は浮《う》かべなかった。家を描いたけど、人は住んでいない。家はくずれおちて、地面にしずみこんでいる。

ラウリーの「島」という絵を見ると、ぼくはおなかがなんだかへんな感じになる。絵に描かれているのは、昔はりっぱだった大きな古い家で、小さな島にぽつんと建って、まわりを水にかこまれている。人間ではなくて家なのに、悲しそうで、途方《とほう》に暮《く》れているように見える。

絵を見ていると、胸《むね》がしめつけられるような感じがする。心のなかがしんと静かになる。みんなから離《はな》れ、ひとりで毛布《もうふ》の下でまるくなっているときのように。

ラウリーは言葉をひとことも言わないで、見る人をそんな気分にさせてしまうのだ。

ぼくは鉛筆《えんぴつ》を一本選びだして、絵を描きはじめた。川で見た、証拠《しょうこ》となるできごとをすべて。マンガみたいに小さな四角形をならべてページをうめていった。ジーンさんのことは、ラウリーのマッチ棒人間のように描いた。ジーンさんはどの四角形のなかにも登場することになった。

ライアンのゲームが、一階でバキュンバキュンととどろいている。ライアンが誰《だれ》かを撃《う》ったのか、それとも爆弾《ばくだん》を爆発させたのか、音のちがいでわかる。ぼくは絵を描きながら、となりに住んでいるおばあさんのカートライトさんのことを考えた。カートライトさんは足に潰瘍《かいよう》があって、階段《かいだん》をのぼれない。寝《ね》るのも一階の居間《いま》で、壁《かべ》一枚《まい》でうちの居間とつながっているから、ライアンの騒音《そうおん》から絶対《ぜったい》にのがれられないんだ。

ぼくは居間にいるトニーとライアンの絵を描きたくなった。その絵では、ライアンはゲームをしていて、トニーは半分眠《ねむ》っている。ふたりとも、ドアからしのびこんできた猛犬《もうけん》の群《む》れに気づかない。犬のなかにはジャパニーズ・アキタやピットブルやドーベルマンがいる。そしていっせいに、ふたりに襲《おそ》いかかる。

Ｘｂｏｘ《エックスボックス》の音がうるさいから、トニーとライアンの絶叫《ぜっきょう》は誰にも聞こえない。カートライトさんにさえも。

犬の群れはふたりをずたずたに引《ひ》き裂《さ》いて食べてしまう。あとで、犬がいなくなってから、ぼくはそっと階段《かいだん》をおりてあとかたづけをする。母さんは家に帰ってくると、昔みたいにぼくとふたりだけになっていて、誰《だれ》にもなやまされなくてすむから、喜んでくれる。トニーとライアンが食べられてしまったことなんか、気にもしないんだ。

その絵はべつの日に描《か》くために頭のなかにとっておいて、今は、川でおこった殺人事件《じけん》に集中することにした。

まず、ぼくが川に行って、ジーンさんがベンチで泣いているのを見たところからはじめて、最後にダイバーたちが死体を川から引きあげるところまですべて描いた。スケッチブックの紙をまるまる二枚《まい》使った。

描きおわったときには、かなりくわしい説明つきの絵ができあがっていた。

ぼくはこまかいことまですっかり覚えていた。絵にはマッチ棒《ぼう》人間をいっぱい入れたけど、ラウリーのほとんどの絵と同じように背景《はいけい》は白く残して、川と殺人事件がおこった場所だけていねいに描きこんだ。そのほうが、事件の手がかりがそこにあった場合、見つけやすくなるから。

マーティン・ブラントはとても喜んでくれると思う。

④ お客さん

一階の銃声《じゅうせい》が突然《とつぜん》やんだ。それで、トニーにお客さんが来たことがわかった。

ぼくは自分の部屋のドアをほんの少しひらいた。トニーが咳《せき》をしたり、つばを吐《は》いたりしているのが聞こえる。勝手口から出てドアをしめる音も。

前までは、ぼくも一階にいてよかった。でも、お客さんが来るようになってからは、自分の部屋にいろとトニーに言われている。

ぼくの部屋の窓《まど》からは、うちの前の通りが見おろせるから、何もかも見える。ときどき、窓辺《まどべ》にすわって、見えたものをノートに書きこむ。そうすると、自分が通りの責任者《せきにんしゃ》になった気分になるんだ。

家の前には、赤いフォードのフォーカスが駐車《ちゅうしゃ》してあった。助手席の窓があいていて、男の手と腕《うで》がうるさい音楽にあわせてばたばた動いているのが見えた。

ぼくはおばあちゃんにもらった双眼鏡《そうがんきょう》を、洋服だんすのうしろからとりだした。大事な持ち物は全部、ライアンにぬすまれないようにかくしてある。

双眼鏡《そうがんきょう》では絶対《ぜったい》に太陽を見てはいけない。失明するかもしれないからだ。

ぼくの双眼鏡は性能《せいのう》がいい。どうしてわかるかというと、「10×50」と書いてあるから。「10」というのは倍率《ばいりつ》で、自分の目で実際《じっさい》に見るより十倍大きく見えるという意味だ。「50」というのはレンズの横幅《よこはば》のこと。

「口径《こうけい》ね」とクレーン先生は言う。

レンズの口径が大きいと、目に入ってくる光がふえて明るくなるから、よく見える。理科の時間に習った。

双眼鏡はもともと、ぼくの会ったことのない、ひいおじいちゃんの持ち物だった。おばあちゃんが昔は小さい女の子だったなんて、しかもお父さんがいたなんて、あんまり想像《そうぞう》できない。おばあちゃんによると、ひいおじいちゃんは第一次世界大戦のときに前線で戦っていたそうだ。双眼鏡を買ったのはそのずっとあとらしいけど、ぼくは、ひいおじいちゃんが塹壕《ざんごう》のなかからドイツ兵を偵察《ていさつ》するとき、この双眼鏡を使っていたんだと想像するのが好きだ。

双眼鏡で窓《まど》の外を見ると、男の手が十倍大きく見えた。指の先が黄色くて、爪《つめ》はかんで短くなっていた。そのことをぼくはノートに書きこんで、こんな等式も書いた。

喫煙者《きつえんしゃ》＝神経質《しんけいしつ》なタイプ

名探偵《めいたんてい》シャーロック・ホームズはいつも、ふつうの人が見落とすような小さな手がかりに気づく。その手がかりが、その人物について、重要なことを教えてくれるのだ。シャーロック・ホームズは古いけど、今でもみんなに好かれている。

ほかの人についてこまかいことまで気づけることを、「観察力」があるという。観察力は誰《だれ》にでもあるわけじゃない。

勝手口のドアがバタンとしまる音がしたあと、男が家のわきのせまい通路から前の通りに出てくるのが見えた。グレーのフードつきパーカーとスウェットパンツを着ている。フードをすっぽりかぶって、歩きながら何度も右や左を見ていた。

男は車に飛びのり、車はブオーンと走りさった。車のナンバーを一瞬《いっしゅん》しか見られなかったから、ノートに書きとめるまで、ぼくは何度も頭のなかでくりかえさないといけなかった。

これは川でおこった殺人事件《じけん》とは何の関係もないけど、こんなふうに情報《じょうほう》を記録するのは気分がいい。ぼくは特別《とくべつ》な任務《にんむ》を受けて仕事をしているつもりになった。部屋にいないといけないのはトニーのせいだとしても、この部屋のなかでは、ぼくは自分の思いどおりにできる。窓辺《まどべ》にすわって偵察任務《ていさつにんむ》をはたしていても、トニーは何も言えないんだ。

誰《だれ》かが階段《かいだん》をあがってくる音がしたから、ぼくはベッドに飛びのって、まくらの下にノートとスケッチブックと双眼鏡《そうがんきょう》をかくした。それから、かけぶとんの上にあおむけになって天井《てんじょう》を見あげた。

バンと大きな音で、ライアンがドアを蹴《け》ってあけた。ドアはベッドのヘッドボードにあたってはねもどった。部屋に入ってきたライアンは、ぼくのそばに立って、大きなマシンガンで撃《う》ち殺《ころ》すふりをした。ゲームの効果音《こうかおん》みたいな声をあげながら。

(音は痛《いた》くない。音は痛くない)

ぼくは唇《くちびる》を動かしたけど、声には出さなかった。

「よお、ウスバカ！　どうしてる？」

ぼくは返事をしなかった。天井を見つめつづけた。

ライアンはベッドの横を蹴った。片手《かたて》で本棚《ほんだな》の上をさっとはらって、おいてあったものを全部床《ゆか》に落とした。

コップに少し残っていたジュースが、制服《せいふく》のズボンにこぼれた。

ぼくはじっとしていた。まばたきもしなかった。

ライアンは笑いながら、バスルームに入っていった。ぼくの部屋のドアをあけっぱなしにして。

母さんは何時に帰ってくるんだろう。母さんが家にいると、ライアンはあんまりちょっかいを出してこない。でも、もし母さんが遅番《おそばん》だったら、帰ってくるまであと数時間ある。ライアンがバスルームから出てこないうちに、ぼくはトレーナーをひっつかんで階段をかけおりて、家の外に出ていった。晩《ばん》ごはんの時間は過《す》ぎていて、空から明るさが消えはじめていた。

ぼくは新鮮《しんせん》な空気を肺《はい》に吸《す》いこんだけど、深呼吸《しんこきゅう》はしなかった。空気が本当に新鮮になるのは、もっと川に近づいてからだ。あそこは車がほとんど通らないから。

うちの前の通りのはしまで歩いて、コート通りに入った。デンマンさんのおばさんが家の前の生《い》け垣《がき》を刈《か》りこんでいた。両どなりの庭は草ぼうぼうで、片方の庭には古いソファまで捨《す》ててあったけど、デンマンさんはいつも自分の庭をきちんと手入れしている。

コート通りのつきあたりまで来ると、突然《とつぜん》、世界がひらける。木々や草が生え、川がある。もう十月なのに、ほとんどの木はまだ青々と葉っぱをしげらせている。

このへんの人はみんな、ここを「川岸」と呼《よ》んでいる。夏になると、女の子たちがミニスカートやすそが短いT《ティー》シャツを着て、川べりの草の上にすわる。そばをゆっくり歩いていくと、パンツが見えたりするけど、見てはいけないことになっている。

この夏、クラスのみんなが学力テストを受けているとき、ぼくはレポート課題にとりくまなくてはいけなかった。学力テストのように、どこかに送って採点《さいてん》されるわけじゃないけど、それでも重要な課題だった。

クレーン先生は、ぼくが本当に興味《きょうみ》を持っていることについて調べて書きなさいと言った。ただし、ロビン・フッドについてはもう何回も書いているから、それ以外のことを。

クレーン先生はA《エー》4の大きさの紙を本の形にとじてくれた。ぼくは表紙に「トレント川について　キーラン・ウッズ作」と書いた。昼休みに何度も学校図書館のパソコンを使って、たくさんの情報《じょうほう》を調べた。それを全部、脳《のう》の「無意識《むいしき》」の部分に入らないように、記憶《きおく》として使える部分にしまった。

レポート本の最初のページに、川についてわかった情報を全部書いた。

・トレント川は全長一七一マイルだ。

・トレント川では、「海嘯《かいしょう》」がおこる。海嘯とは、海の潮《しお》があがったとき、川に逆流《ぎゃくりゅう》してくる現象《げんしょう》のことである。潮津波《つなみ》ともいう。

・川のはじまりは「源流《げんりゅう》」という。

・川のおわりは「河口」という。
・トレント川の一部は北にむかって流れる。このような川はめずらしい。
・川岸にある橋の下では、誰《だれ》にも見つからないと思って、薬物をとる人がいる。
・市の担当者《たんとうしゃ》たちが月一回、防護服《ぼうごふく》を着て、使いおわった注射器《ちゅうしゃき》を集め、エイズが広がらないようにしている。

クレーン先生はこまった顔をした。とてもよく書けているけど、最後のふたつの項目《こうもく》ははずしなさい、と言った。事実であっても、それは人についての話で、川そのものの話ではないからだ。だから、言われたとおりにした。川そのものでないことについて書くのは、トレント川にとって不公平だから。

トニーとライアンが理由もなくふきげんになるとき、ぼくは川岸に行く。雨がふっていたら、橋の下に入ればいい。薬物中毒者たちは、夜になるまで来ないから。

カモやオオバンやバンやハクチョウやガンは、雨がふっても気にしない。人間とはちがう。

ぼくがいちばん好きなのはオオバンだ。オオバンはかっこいい。第一に、体のほとんどが真っ黒だけど、おでこにだけ真っ白な涙《なみだ》のしずくがついている。第二に、餌《えさ》をとるために川に深くもぐれて、かなり長いあいだもぐったままでいられる。おぼれたかと心配になったころ、ひょっこりと水面にあがってくるんだ。本当にすごい。

ぼくが川を好きなのは、海へなんとか帰ろうとがんばりつづけているからだ。川はけっしてへこたれないし、あきらめない。よけいなことを考えずに、ただ進んでいく。

⑤ ウジムシとサメ

川岸は人でいっぱいだった。みんな、ラウリーの描《えが》くマッチ棒《ぼう》人間のように動きまわって、おしゃべりしている。きのう、ホームレスのおじいさんに何があったのか、知ろうとしている人もいるのかもしれない。

ぼくは通りの手前の歩道に立って、川岸をながめた。川に浮《う》かんでいた死体について、こまかいところまでよく知っているから、知りたい人に教えてあげられると思うとうれしかった。

くわしいことを全部ノートに書いたし、スケッチブックにはたくさんの絵を描《か》いた。すべての証拠《しょうこ》は、まくらの下にかくしてあって安全だ。

ジーンさんはいつものベンチにいなかった。そこには学校の先輩《せんぱい》がふたりすわりこんで、タバコを吸《す》っていた。

おばあさんがそばを歩いていった。小さい男の子の手をつないでいる。ふたりは川をながめていなかったし、ジーンさんの友だちが殺された川岸のふちに立ってもいなかった。ふたりでただ、おしゃべりをしていた。

ぼくのおばあちゃんはマンスフィールドに住んでいる。ここから十マイルくらい離《はな》れた町だ。昔は二週間に一度、電車でノッティンガムに来てくれて、うちにひと晩《ばんと》泊まっていた。おばあちゃんがぼくのベッドで寝《ね》て、ぼくは床《ゆか》に寝袋《ねぶくろ》をしいて寝た。

ぼくの部屋に泊まっていたから、ぼくのおばあちゃんなんだという感じがした。ときどき、おばあちゃんは小さなキャンドルをともしてくれて、ふたりでポテトチップスとジュースで真夜中のパーティーをした。正確《せいかく》には真夜中じゃなかったけど。

ぼくとおばあちゃんは、昔はそういう関係だったんだ。

川岸におりてきたとき、最初は殺人事件《じけん》のくわしいことを全部知っているのがほこらしい気持ちだった。だけど今、おばあちゃんのことを考えはじめたら、心にひびが入ってしまった感じがする。いったん心にひびが入ってしまうと、治せない。もとどおりになめらかにすることなんか、絶対《ぜったい》にできないんだ。

おばあちゃんにもう会えないからといって、ぼくは死んだりはしない。ときどき、バスルームの鏡で自分の顔を見ると、ラウリーの「マンチェスターの男」みたいに見える。「マンチェスターの男」は目が赤くて、顔が内側にむかってつぶれていく感じがする。ぼくの鼻と口と耳は全部、前と変わらずそこにある。だけど、目をのぞきこむと、心がひびわれているのが見えるんだ。そういうときは、テレビドラマ「CSI《シーエスアイ》：科学捜査班《そうさはん》」の気に入っている回を思いだしたり、絵を描《か》いたりして、気持ちをそらさないといけない。

心にひびが入った人はあちこちにいる。外の通りや一ポンドショップなどで、人はたくさんの人とすれちがう。おたがいに目をあわせることはないけど、観察力を使えば、悲しい目をした人に気づける。心にひびが入るようなできごとがあると、目の光がなくなってしまうんだ。

ぼくはどうして警察《けいさつ》がもういないのか理解《りかい》できなかった。まだ捜査をつづけなくてはいけないのに。殺人事件を解決《かいけつ》するには、何か月もかかることがある。それなのに、「立入禁止《きんし》」の黄色いテープすら張《は》っていない。

ぼくは通りをわたって、川岸に近づいた。川岸のへりに、誰《だれ》かがおいた花があった。人が死んだ場所に花をおくのは、その人のことを思いだして悲しんでいる、という意味だ。「亡《な》くなった方をしのぶために、お花をたむけるの」ぼくが学校のそばにある街灯《がいとう》の柱にしばりつけてあった花束についていきいたとき、クレーン先生が教えてくれた。

ジーンさんの友だちをしのんだ人たちがいたけど、場所がまちがっていた。もっと橋のそばだったんだ。

ぼくは歩いていって、花束をふたつとも拾いあげた。そして正しい場所にうつそうと、橋のほうへ歩きはじめた。

「おい！」誰《だれ》かがさけんだ。「あいつ、花をぬすんでるぞ！」

ふりむくと、学校の先輩《せんぱい》たちが、ぼくを指さしていた。おとなが何人か近づいてきた。

「亡《な》くなった人を敬《うやま》う気持ちはないの？」おばさんが大声をあげた。

「場所がまちがっています。ジーンさんの友だちがいたのは、あっちです」ぼくはこたえた。

「ただのホームレスじゃん」先輩が言った。

「それでも、その人は生きていたかったんだ。死にたくなかったんだ」ぼくは言った。

おばさんがぼくの持っていた花束をうばいとった。

「とにかく、もとの場所にもどしとくからね。また持ってったら、承知《しょうち》しないわよ」

ぼくは少し歩いて、ジーンさんの友だちが本当に死んだ場所まで行った。ここがお墓《はか》だ。水だけのお墓だけど。墓石も花もないけど、あの人はここで死んだ。大事なのはそこなんだ。

ぼくは目をつぶった。

（天におられるわたしたちの父よ、み名が聖《せい》とされますように。み国が来ますように。みこころが天に行われるとおり地にも行われますように……）

何かが強く肩《かた》にぶつかってきた。笑い声が聞こえたけど、ふりむかなかった。ドシン。今度は、頭のうしろ。誰かがオレンジを投げつけてくる。すごいいきおいで。

頭のなかでジーンさんの友だちに「ごめんなさい」と言ってから、川に背中《せなか》をむけた。学校の先輩たちだった。三人にふえている。ひとりがオレンジの袋《ふくろ》を背中のうしろにかくしたけど、ぼくにはまだ見えていた。

「死体を見たんだ」ぼくは言った。

「へえ、マジかよ」先輩のひとりが言った。

「嘘《うそ》つけ」もうひとりが言った。

「証明《しょうめい》しろよ」三人目の赤毛の先輩が言った。

「体がふつうの三倍の大きさにふくらんでた」ぼくは言った。「警察《けいさつ》が岸に引っぱりあげて、ビニールシートに寝《ね》かせたんだ」

三人とも黙《だま》っている。ぼくは何歩か前に出た。

「泳いでいるうちに、水流にのまれておぼれたんだ。目からウジムシがわきでてた」

先輩のひとりが青くなった。

「腸《ちょう》が体の外に飛びだしてた。内臓《ないぞう》の半分はサメに食べられてた」

「サメ？　そんなのトレント川にいるわけねえじゃん、ボケカス（ピーッ！）」

三人は笑い声をあげ、またオレンジを投げはじめた。

ぼくは気にしていないふりをしながら、橋にむかった。オレンジがなくなると、三人は去っていった。笑いながら。

橋のたもとは静かだった。薬物中毒者たちもいなかった。ぼくは、サー・ロバート・クリフトン像《ぞう》の前に立って、見あげた。目が少し悲しそうだ。この人も心にひびが入ってしまったのかもしれない。

サー・ロバート・クリフトンは政治家だったと学校で習った。労働者階級の人たちの生活をよくしようとしたそうだ。はじめは、みんなに石を投げつけられた。でも、のちにヒーローになった。

最後は腸《ちょう》チフスで死んだ。腸チフスになると、胸《むね》にピンク色の斑点《はんてん》が現《あらわ》れて、鼻血が出る。高熱が出て、下痢《げり》になると、まもなく死んでしまう。イギリスではもう感染《かんせん》することはないけど、アフリカでは今でも死ぬ人がいる。

ジーンさんの友だちは腸チフスにはかからなかったけど、それでも死んでしまった。この世界には数えきれないくらいたくさんの死にかたがある。

そういうことは考えないのがいちばんいい。

⑥ べつのやりかたで考える

家に帰ると、母さんがキッチンで晩《ばん》ごはんのしたくをしていた。

「お帰り、あたしの大きいぼうや」サラダの野菜をきざみながらそう言った。「きのうは顔が見られなくて、さびしかった。晩ごはん、ちゃんと食べられた?」

母さんはぼくのほうをふりかえった。目が血走っていて、まぶたははれぼったくて、まるで光をしめだそうとしているみたいだった。

「きのう、川岸で殺人事件《じけん》があったんだ」ぼくは言った。

母さんはトマトを切るのをやめて、ぼくの顔を見た。

「そんな嘘《うそ》ばっかり言ってたら、そのうち、とんでもないことになるよ」

「本当だよ、母さん。死体を見たんだ」

母さんはやれやれという感じで首をふって、またサラダづくりにもどった。

ぼくは居間《いま》のドアの前まで行った。ライアンはいなくて、ゲームは一時停止になっている。トニーはソファに寝《ね》そべっていた。

「きのう、川岸で殺人事件《じけん》があったんだ」ぼくはまた言った。

「だろうな」トニーは目をあけずにこたえた。「あっちへ行け。さもないと、ここでも殺人事件がおこるぞ」

ぼくは階段《かいだん》のふもとで耳をすました。ライアンと、ライアンの友だちで顔がぶつぶつだらけのリースが、Ｘ ｂｏｘ《エックスボックス》のゲームソフトを山ほどかかえて、階段をかけおりてきた。ふたりとも無言でぼくをおしのけ、リースはゲームソフトのケースを投げつけてきた。ぼくの腕《うで》の外側に命中した。

ぶつぶつ野郎《やろう》（ピーッ！）、とぼくは頭のなかで言った。ののしるのは悪いことだけど、口に出して言うよりましだし、リースはそう言われてもしかたがないことをしたんだ。

ぼくは階段をかけあがって、自分の部屋にとじこもった。

スケッチブックをとりだして、さっき川岸で見た人たちの絵を描《か》いた。証拠《しょうこ》になりそうなことはほとんどなかったけど。それでもパニックになりそうだった気分は落ちついた。絵を描いてしまうと、また階段をおりてキッチンに行き、母さんに言った。

「おばあちゃんの住所を教えて」

母さんは居間《いま》の戸口に目をむけた。

「その話はやめて」と静かな声で言った。

「おばあちゃんに会いたい」ぼくは言った。

母さんは怒《おこ》りだしそうになったけど、やさしい顔にもどった。

「あたしもよ」そっとささやいた。目がうるんで光っていた。

母さんはコンロのほうをむいて、いそがしいふりをしたけど、本当は何もしていなかった。目が光りすぎて涙《なみだ》がこぼれて止まらなくなるのを、おさえようとしていたんだ。

晩《ばん》ごはんは、ひき肉とマッシュポテトでつくったシェパーズ・パイだった。味は「うまっ！」。こんなふうに言葉をとちゅうで切っても、意味が伝わる場合がある。

フランス語のブーシェ先生は、ぼくのフランス語の読みかたをほめてくれる。

「発音ね」とクレーン先生は言う。

フランス人はほとんどの単語を最後まで発音しない。フランス語で読みかたがわからない単語があったら、最後の何文字かを言わないでおけばいいんだ。

ブーシェ先生はホワイトボードに「ｐｅｔｉｔ　ｃｈａｔ」と書いた。「小さな猫《ねこ》」という意味だ。読みかたがわかると思った人は、手をあげることになっていた。リアム・ソーントンは全部の文字を発音して、「プティット・シャット」と読んだ。でも、まちがいだった。ほかの人たちも手をあげたけど、ぼくはあげなかった。

「キーラン」とブーシェ先生が言った。「あなた、読んでみて」

ぼくは頭のなかで、それぞれの単語の最後の文字を消した。そして、「プティ・シャ」と読んだ。クレーン先生に手伝ってもらいもしなかった。

それで、みんなにフランス語が得意だと思われるようになったけど、ぼくは文字をむだにしない英語《えいご》のほうが好きだ。フランス人が、どうして発音しないよけいな文字を単語のうしろにつけるのか、理解《りかい》できない。

何かが上手になりたいと思ったら、なれるものなんだ。たとえば、発音とか、むずかしいとされているほかのことでも。上手になるには、やりかたを見つけさえすればいい。なんだか、なぞなぞみたいだけど。でも、うまくいくんだ。

ぼくはときどき、頭をいつもとはべつのやりかたで働かせてみる。そうすると、できなかったことが、どうやったらできるのか、わかってくる気がする。

アルバート・アインシュタインはべつのやりかたで考えるのがうまかった。そのおかげで、光について科学的に重要な発見をした。

「相対性理論《そうたいせいりろん》ね」授業《じゅぎょう》でその話が出たとき、クレーン先生が言った。

アインシュタインはふつうの科学者のようなやりかたで問題にとりくまなかった。ふつうの科学者は、机《つくえ》の前にすわって、むずかしい計算なんかをがんばるうちに、あることがらを理解できるようになる。ところがアインシュタインは、自分が光線といっしょに走っているところを想像《そうぞう》してみたんだ。それってすごい。おかげで、光がどのくらい速く進むのかとか、いろんなことがわかって、新しい発見ができた。べつのやりかたで考えたから、できたんだ。

ぼくはおばあちゃんの住所がわからない。ふつうのやりかたで考えて、母さんにたずねたけど、教えてもらえなかった。

二階の自分の部屋にもどると、目をつぶって、アインシュタインになったつもりになった。自分が灰色《はいいろ》の口ひげを生やして、ぼさぼさのへんな髪型《かみがた》をしていると思うとおかしかった。アインシュタインは自分のかっこうなんてどうでもよくて、脳《のう》みそさえあればよかったんだ。

ぼくはおばあちゃんといっしょに歩いているところを想像した。おばあちゃんのツイードのコートにさわった感触《かんしょく》を思いだした。頭のなかで、買い物のときにいつもおばあちゃんが頭に巻《ま》く、明るいもようのスカーフを見あげた。舗道《ほどう》を歩くふたりの足音を聞いた。おばあちゃんがいつもパン屋さんのジェンツで買ってくれるカシスクリームタルトを味わった。タルトの上にクリームがぐるっとかかっていて、まんなかのすきまからカシスが見えるんだ。

おばあちゃんは入れ歯だった。家にいるときははずしている。入れ歯のない顔のほうが、本当のおばあちゃんらしくて、ぼくは好きだ。おばあちゃんは出かけるとき、ちょっと近所のお店まで行くだけでも、かならず入れ歯を入れる。そうすると顔つきがきびしく見える。ぼくへの態度《たいど》はぜんぜん変わらないのに。

ぼくは目をあけて、頭のなかに思いうかべた画像《がぞう》を追いはらおうと、まばたきした。アルバート・アインシュタインのように考えないといけないのに、これじゃキーラン・ウッズの考えかただ。

もう一度目をつぶると、小学生のときに喘息《ぜんそく》がひどかったことを思いだした。ときには休み時間に校庭で発作《ほっさ》がおこって、吸入器《きゅうにゅうき》を使っても治らないこともあった。そういうときは事務室《じむしつ》のおばさんが母さんに電話して、むかえにきてもらう。母さんが電話に出ないときは、かわりにおばあちゃんが来る。高いお金をはらってタクシーで来ないといけないのに、おばあちゃんは気にしなかった。ぼくに無事でいてほしかったからだ。

学校の人は、母さんにおばあちゃんの住所をきかなくてもよかった。なぜなら、学校のコンピューターに登録されていたからだ。

「アインシュタインさん、ありがとう」ぼくは部屋のなかで声に出して言った。アインシュタインのおかげで、べつのやりかたで考えられたんだ。

⑦ 直喩《ちょくゆ》と隠喩《いんゆ》

週末には母さんはそうじの仕事がなかったけど、「スパーショップ」というスーパーのレジで夜まで働いていた。

朝ごはんのあと、母さんとふたりでキッチンのテーブルについて、国語の教科書をいっしょに見た。ライアンはまだ寝《ね》ていて、トニーはスポーツニュースを見ている。

母さんに、名詞《めいし》と動詞と形容詞《けいようし》の宿題を見せた。母さんは手で口もとをかくしてあくびをした。

「そういえばね、イブニング・ポスト新聞に、川であがった遺体《いたい》の話が出てたよ」母さんが言った。

「あの人はジーンさんの友だちだったんだ」ぼくは言った。「最初はぼろきれが水に浮《う》かんでるのかと思ったけど、まんなかに顔があった」

「あの浮浪者《ふろうしゃ》のおばあさんに近づいちゃだめって言ったでしょ。ノミがうつるだけじゃすまないかもよ」

「ジーンさんは友だちがあんまりいないんだ」

「むりもないけどね。で、何があったわけ？」

「あの人、殺されたんだよ。警察《けいさつ》が犯人《はんにん》をさがしてる。ぼくに助けてほしいと思ってるんだ。『CSI《シーエスアイ》：科学捜査班《そうさはん》』のドラマみたいに。ぼくが第一目撃者《もくげきしゃ》だから」

母さんはため息をついて時計を見た。「今日はここまでね」と言われるかと思って、ぼくはドキドキした。それは、ふたりだけの時間がおわる、という意味だから。

母さんは問題集のページをめくって、ぼくが鉛筆《えんぴつ》で書いた答えをながめた。

「あんたがどうして直喩《ちょくゆ》と隠喩《いんゆ》のちがいを覚えてられるのか、不思議よ」

そう言って、ぼくの髪《かみ》の毛《け》をくしゃくしゃっとなでた。

こうやって少しのあいだ、ふたりだけでいられるのはうれしい。昔にもどったみたいだった。

「直喩というのは、何かをべつのもの『のようだ』とか『みたいだ』とか言って、たとえることだよ。たとえば、キーランの母さんは美しいバラのようだ。それが直喩」

母さんは笑った。

「あんたったら、お世辞《せじ》が上手ね」

「隠喩っていうのは、何かをべつのものだとそのまま言うこと。たとえば、こういうの。トニーはなまけ者《もの》のブタだ」

ぼくは笑って、母さんのほうを見た。ところが母さんはうつむいていた。気分が悪くなって吐《は》きそうな顔をしている。

トニーがキッチンに入ってきたことに、ぼくは気づいていなかった。

いきなり、頭の横をなぐられた。ぼくは椅子《いす》から落ちて、頭のうしろを強く打った。

「やめて！」母さんが悲鳴をあげた。「放っておいてあげて！」

トニーはぼくを真上から見おろした。顔が真っ赤で、ビーツの根のようだ。これは直喩。

「このくそガキが（ピーッ！）」

トニーはふだんはどなるけど、今は静かに、歯のあいだから声を出している。ものすごく怒《おこ》っているのだ。

「その子をなぐらないで」母さんが両手をにぎりあわせる。

「おれはおれのやりたいようにやる。おれの家のなかで指図するな」

ぼくはおきあがって、じんじんする頭をなでた。

「今のは隠喩だったんだ」と説明した。

「調子に乗るな」トニーは椅子を蹴《け》った。

ライアンが戸口にやってきた。

「そいつ、ウスバカが行く家とかに入れられないの?」

「ここがぼくの家だ」ぼくは言った。

トニーがぼくの真横にしゃがみこんだ。ぼくの「パーソナル・スペース」に入ってきたんだ。クレーン先生は、誰《だれ》もがおたがいのパーソナル・スペースを尊重《そんちょう》しなくてはいけない、と教えてくれた。それはとても大事なことで、もし居心地《いごこち》が悪いと感じたときは、相手にそう伝えていいのだ。

「おい、低能《ていのう》少年、ここはおれの家だ。おれのだ。忘《わす》れるな」トニーは母さんを見あげてから、またぼくのほうを見た。「ここに誰が住むのか決めるのはおれだ。口のききかたに気をつけやがれ、くそガキが(ピーッ!)」

トニーの汗《あせ》まみれの皮膚《ひふ》のにおいがした。しゃべる息がぼくのほっぺたにかかる。

「近すぎるよ」ぼくは床《ゆか》を見つめて言った。「ぼくのパーソナル・スペースに入らないで」

トニーがぼくを真横から張《は》りたおした。ぼくはコンロにおでこをぶつけた。

「やめて!」母さんが悲鳴をあげてかけより、トニーを遠ざけようとした。

「じゃまするな」トニーがどなった。

母さんは泣いていた。ぼくも泣いていた。両ひざを立てて、そのあいだに顔をうずめた。

こわいときは、正しい行動をとるのがむずかしい。ライアンが近づいてきて、ぼくのむこうずねを両方とも強く蹴《け》りつけた。ぼくは声をあげなかった。

目をつぶって、自分が光線に乗って逃《に》げていくところを想像《そうぞう》した。

トニーとライアンが居間《いま》にもどると、母さんがぼくを立たせて、おでこの傷《きず》を洗《あら》ってくれた。

「だいじょうぶ?」

母さんの声はかすれていた。パブでカラオケを歌ったあとのように。

ぼくはだいじょうぶとこたえたけど、本当は少し気持ち悪くて、体がふらふらしていた。

母さんは仕事に出かけるとき、ぼくに川岸に行ってなさい、と言った。母さんがもどるまで、あのふたりから離《はな》れていたほうが、ぼくのためだから。

霧雨《きりさめ》がふっていたから、ぼくはパーカーを着た。母さんがスパーショップにむかう道で曲がるまで、ふたりでいっしょに歩いた。

そのあいだ、ほとんどしゃべらなかった。母さんは傘《かさ》もささなかった。雨のせいで、母さんの髪《かみ》の毛《け》のカールがのびてしまった。ぬれた髪の毛は、色が濃《こ》く見える。学校で飼《か》ってるアレチネズミのしっぽみたいだよ、と教えてあげた。

母さんはこたえなかった。聞こえてもいないみたいだった。笑いもしないし、何の反応《はんのう》もしない。「お医者さんのジョーク」を言っても、だめだった。いつもは笑ってくれるのに、唇《くちびる》をきゅっと一直線に結んだだけだった。

べつのジョークを言ってみることにした。

「お医者さん、お医者さん……」

「キーラン」母さんが言った。「もういいよ」

人を笑わせたらいいのか、黙《だま》っていたほうがいいのか、見きわめるのはむずかしい。

母さんがクイーンズ通りを左に曲がっていく直前に、ぼくは母さんのほっぺたにキスした。

川岸は静かだった。きのう、ここにいた人たちは、今ごろ暖房《だんぼう》のきいた家にいて、テレビを見たりおやつを食べたりしているんだ。

ぼくは川のそばまで行った。花束はあいかわらずまちがった場所においてある。あたりを見まわして、誰《だれ》も見ていないのを確《たし》かめた。それから花束を拾うと、もう少し橋に近い、本当の水のお墓《はか》のところへ運んだ。

川から顔をあげると、人がふたり近づいてくるのが見えた。警察《けいさつ》だった。

⑧ 検死《けんし》

「よう、探偵《たんてい》くん。元気か？」

男の警察官がにやにやした。うまいジョークを言ったみたいに。

「ダイバーたちはいつもどってくるんですか？」ぼくはきいた。

女の警察官がこたえた。

「もうもどってこないよ。ここでの仕事はおわったから」

ふたりとも名札《なふだ》をつけていた。男のほうは、サンディープ・マリク巡査《じゅんさ》。女のほうは、エマ・ベネット巡査。

「きみのような若者《わかもの》が、ここでうろうろする以外にやることはないのかい？　雨もふってるのに」マリク巡査が言った。

「立入禁止《きんし》のテープを張《は》るのを忘《わす》れてますよ。殺人犯《さつじんはん》の手がかりが残ってるかもしれないのに」ぼくは言った。

ベネット巡査《じゅんさ》がため息をついた。

「思いこみはやめないとね。きっと川に落ちただけよ」

「あの人はおじいさんでした。だから、誰《だれ》かにおされて落ちたのかもしれません」

マリク巡査がいらだった顔をした。

「推測《すいそく》は危険《きけん》だよ。おされた証拠《しょうこ》はない。ポストモーテムの結果を見ないとな」

ポストモーテムとは、「死んだあと」という意味だ。ふつうは「検死解剖《けんしかいぼう》」と言われている。

検死解剖では、病理医という専門《せんもん》のお医者さんが死体を切りひらいて、どのように死んだのか手がかりをさぐる。胸《むね》をY《ワイ》字型に切りひらいて、臓器《ぞうき》をとりだして重さをはかる。脳《のう》までとりださないといけなくて、気色悪い。

死んだ原因《げんいん》がうたがわしい場合は、何がおこったのか、検死官が判断《はんだん》することになる。そして死因を死亡《しぼう》証明書に書く。

こういうことは、「CSI《シーエスアイ》：科学捜査班《そうさはん》」を見て覚えた。あるとき、休み時間に七年生の男の子にこの話をした。その子のおじいちゃんが死んだばかりだったから、これから何がおこるのか教えてあげたんだ。

するとそのあと、クレーン先生が「ちょっと話があるの」と言った。学校でそう言われたら、これからしかられる、という意味だ。

クレーン先生は、そういう話をすると相手が不愉快《ふゆかい》に思うの、とくに大切な人が亡《な》くなったときはね、と言った。だから、いつまでもそういうことを考えていてはいけないのだということ。


「病的なことなのよ」とクレーン先生は言った。

ジーンさんが橋の下から出てきた。ぼくに手をふると、足を引きずりながら、こっちにむかってきた。毛布《もうふ》やゴミ袋《ぶくろ》なんかを全部つめこんだ、いつもの古いショッピングカートをおしている。

「またあの気がふれたおばあさんが来た」ベネット巡査がつぶやいた。

ジーンさんは近づくと、こう言った。

「あの人がもし警察官《けいさつかん》だったら、あんたたち、もっとちゃんと調べるんだろうね」

「悪いけど、あんまり時間がないんで」マリク巡査が言った。「おふたりとも、よい一日を!」

「まったく屁《へ》とも思ってないんだね」警察官がいなくなると、ジーンさんが言った。「あのふたりからしたら、コリンは役立たずの浮浪者《ふろうしゃ》のじいさんにすぎないのさ」

ジーンさんは舗道《ほどう》の花束を見つめ、目から涙《なみだ》をひとつぶこぼした。涙はほっぺたを流れ落ち、口のはしにつながる深いしわを通って、あごにとどいた。

「コリン・カークの魂《たましい》に祝福《しゅくふく》を」ジーンさんがつぶやいた。「あの人はあたしに親切だったよ。去年の冬、宿泊所《しゅくはくじょ》のベッドがとれなかったとき、自分の毛布《もうふ》を一枚《まい》わけてくれたんだ」

「うちにぼくと母さんしかいなかったら、ジーンさんにいっしょに住んでもらえるのに」ジーンさんはほほえんだけど、まだ悲しそうだった。手をのばして、ぼくのおでこの切《き》り傷《きず》にさわった。

「コンロにぶつかったんです」

「お母さんと同じだね。お母さんもしょっちゅう、ぶつかってばかりだよね？」

ぼくは足もとを見つめた。たくさんの小石、いろんな形や大きさがある。どうやってここに集まったんだろう。どこから来たんだろう。

「この橋が建てられる前は、大きなケーブルフェリーがありました。ケーブルにつながった船が、食べ物や人や動物たちを川のむこう岸まで運んでいました」ぼくは言った。「十七世紀のころに」

「おやまあ、そうかい」ジーンさんの声はやさしかった。

カモが列になって、目の前を泳いでいった。色とりどりの羽のオスが三羽、茶色い羽のメスが一羽。

「カモがしゃべれたらいいのに」ぼくは言った。「カモは川でおこったことを全部見ています」

「カナダガンもだね」ジーンさんが言った。「あんなに年がら年じゅうガーガーやってるんだからさ。もし言葉が通じれば、話のひとつやふたつ聞かせてもらえそうだよ。そうだろ、キーラン?」

誰《だれ》かが質問《しつもん》をしたけれど、それにこたえなくてもいい場合、その質問は「修辞的疑問《しゅうじてきぎもん》」という。ジーンさんはよく修辞的疑問を口にする。でも、ぼくはぜんぜん気にならない。なぜなら、ジーンさんは友だちだから。

人が何も言わないで黙《だま》っていたとしても、その人の身ぶりなどを見れば、いろんなことがわかる。アメリカのベテラン警察官《けいさつかん》のなかには、質問したときに、容疑者《ようぎしゃ》の目がどっちをむくかで、有罪《ゆうざい》かどうかわかる人までいる。

「あたしがあと二十歳若《さいわか》かったら、何があったのか自分でつきとめるんだけどね」ジーンさんは川を見おろした。「このまま警察にまかせといたら、かわいそうなコリンを殺した犯人《はんにん》はまんまと逃《に》げおおせることになるよ」

それを聞いたとき、ぼくはひらめいたんだ。

⑨ 家族の一員

日曜日、母さんは仕事に出かける前に、「トニーのそばから離《はな》れてなさいね」と言った。外に行くには雨が強すぎたから、ぼくはずっと自分の部屋にこもって、おばあちゃんのこととと、コリンさんが殺されたことについて考えていた。夜ベッドに入ったころには、脳《のう》がいろんな作戦を思いうかべていて、夜中にも勝手に考えつづけようとするせいで、ぼくは目が覚めてしまった。朝だったらいいのにと思ったけど、時計は「4:40」で、朝ごはんには早すぎた。

朝になって母さんがドアをノックしたとき、ぼくはすでにパンツをはいていた。だからくつしたをはいて、学校の制服《せいふく》のシャツを着た。

母さんは体を清潔《せいけつ》にするのが大事だと言うけど、ぼくは毎日はシャワーを浴びない。第一に、シャワーヘッドからほとんど何も出てこないから。たまに、急に止まったかと思うと、いきなりどばっと出てきて、おぼれそうになる。第二に、出てくるのがお湯じゃなくて凍《こご》えそうに冷たい水だから。湯わかし器のスイッチがいつも切れているせいだ。うちには金のなる木なんかないのだ。

母さんが部屋に入ってきたとき、ぼくはほとんど着がえおわっていた。

「キーラン、今日は早おきだね」母さんはぼくとならんでベッドにすわった。

いつもなら、母さんがこんなふうにしゃべるのが好きだけど、今はいやだった。母さんのあごと腕《うで》に大きなあざがあったからだ。首にも赤い痕《あと》がいくつかついている。

ときどき、何かを見たのに見なかったふりをすると、忘《わす》れてしまえることがある。はじめから見なかったのと同じになるんだ。でも、今は見なかったことにはできない。あざがあまりにも大きすぎた。

「また、けがさせられたんだ」ぼくは言った。

言葉がのどにつっかえて、いつもより高い声になってしまった。

「何ともないから」母さんは楽しそうな声を出したけど、嘘《うそ》っぽく聞こえた。「ねえ、朝ごはん、スクランブルエッグはどう？」

ぼくがいちばん気に入っている朝ごはんは、粉《こな》チーズをふりかけたスクランブルエッグだ。

「おなかすいてない」

母さんはぼくの頭のうしろをなでた。こぶになっている。

「おばあちゃんは、母さんが傷《きず》つくのを止めようとしてたんだ」ぼくは言った。

母さんは顔を両手にうずめた。

「キーラン、お願いだからおばあちゃんの話はやめて」

「おばあちゃんに会いたい。母さんはトニーに傷つけられてるのに、言いなりになってるじゃないか」

言葉を口に出したら、へんな感じがした。まるでぼくがボスみたいだ。

「あたしがいけないの」母さんが顔から手を放すと、涙《なみだ》が見えた。「トニーを怒《おこ》らせちゃうから。よけいなこと言わないで黙《だま》ってればいいのにね」

腸《ちょう》のあたりが、うんちが出るときみたいな感じになった。トイレに行きたいわけじゃないのに。

ぼくと母さんとふたりきりだったら、母さんのことをもっと気をつけてあげられるのに。ぼくがおとなになったら、脂肪《しぼう》がかたくてもりもりの筋肉《きんにく》に変わって、テレビの「世界最強の男」みたいになるんだ。そうすれば、誰《だれ》も母さんを傷つけることなんかできない。

「おばあちゃんは、トニーなんかただのいじめっ子だ、って言ってた」母さんに耳打ちした。

おばあちゃんはほかにも、「トニーは乱暴《らんぼう》なくさいブタだよ、さっさと去勢《きょせい》すべきだね」と言っていた。でも、トニーがまたドアのそばで聞いているといけないから、言わないでおいた。おばあちゃんはそんなことは気にしない。トニーに面とむかってそう言ったのだ。世界一勇気があるおばあちゃんだ。

「キーラン、トニーはよくしてくれてるでしょ。自分の家に住まわせてくれてるんだから」

母さんはぼくに腕《うで》をまわして、ぎゅっとした。肩《かた》に金属《きんぞく》のバンドを巻《ま》きつけられたみたいだった。ぼくが動けなくなって、トニーが勝っている感じがした。

ぼくが立ちあがると、母さんの腕が放れた。

「制服《せいふく》のズボンをはかなきゃ」ぼくは言った。

母さんの顔がくしゃっとゆがんで、すごく悲しそうになった。クレーン先生も、去年のクリスマスに飼《か》い犬《いぬ》のレックスが死んだとき、そういう顔をしていた。クレーン先生はレックスのことを家族の一員のようにかわいがっていると言っていた。先生がどんな気持ちなのか、むずかしくてよくわからなかった。

「相手になったつもりで想像《そうぞう》してみるといいかもしれないわね」クレーン先生は言った。

「そうすると理解《りかい》しやすくなると思うのよ、キーラン」

ぼくはクレーン先生になったつもりで想像《そうぞう》した。レックスが自分の犬だと想像した。そして、トニーが飼《か》っている犬のタイソンのことを考えた。タイソンは家族の一員のようじゃなかった。ぼくと母さんがこの家に引っこしてきたとき、タイソンは母さんにかみついた。トニーはタイソンがじゃれているだけだと言ったけど、そのあとライアンにもかみついてから、タイソンは庭の奥《おく》にある物置小屋で暮《く》らさないといけなくなった。

ぼくはラウリーの本に出てくるマッチ棒犬《ぼうけん》をながめた。ラウリーの描《か》く犬は、走ったりはねたり、飼い主のそばにじっと立っていたりする。ラウリーは犬が大好きで、いつも人間のそばに犬を描いた。どの犬も元気いっぱいで、死んだ犬なんかいない。ラウリーは犬をひとりぼっちでとじこめたりしなかった。

そこまで考えても、ぼくはまだ泣きたい気持ちにはならなかった。

母さんのほうを見た。ぼくのベッドにすわっている。鼻から鼻水がたれている。

「モノポリー、する?」ぼくはきいた。

母さんは首を横にふった。

「トランプは?」

母さんはちょっとほほえんだけど、しない、という意味だ。

ぼくはまた母さんのとなりにすわって、母さんのおでこにできたばかりの赤黒いあざにさわった。

母さんに両腕《りょううで》を巻《ま》きつけたら、泣きだした。

「あたしのせいで、何もかもめちゃくちゃね」母さんがしゃくりあげた。「あんたまで巻きこんじゃって」

トニーがかっとなったあと、母さんはいつもそういうことを言う。

「母さん、大好きだよ」ぼくは言った。それから急いで立ちあがって、ズボンをはきはじめた。

母さんは泣くのをやめて、ぼくを見あげた。

「ああ、キーラン、あたし……」

母さんはさっきよりもはげしく泣きだした。女の人はむずかしくてわからない。着がえおわると、ぼくはまた母さんのとなりにすわった。もう一度腕を巻きつけたくなかったから、肩《かた》に手をのせた。母さんのことが大事だよ、という意味だ。クレーン先生にとって、犬が大事なのと同じ。ぼくには母さんが必要で、母さんにはぼくが必要だという意味。

いつも思う。トニーはぼくを傷《きず》つければいいのに。母さんじゃなくて。

⑩ 鑑識《かんしき》

ベルが鳴る十分前に学校についた。

ぼくはいつものように、校庭の奥《おく》に生えているモンキーパズルの木の下に立った。ここにいると、まわりでおこっていることがすべて見えるのに、誰《だれ》にも見られなくてすむからいい。モンキーパズルの枝《えだ》が、ぼくを透明《とうめい》人間にしてくれるんだと、ときどき想像《そうぞう》する。

いろんな色の顔が、小さな稲妻《いなずま》みたいに校庭をビュンビュン動きまわるのをながめた。おたがいにどなったりさけんだりすると、顔の前に息が吐《は》きだされるのが見える。

ぼくはめちゃくちゃに走りまわるのは好きじゃない。落ちついて静かにしているほうがいい。

じっと立っているあいだ、ぼくの脳《のう》は腕時計《うでどけい》の中身のように動いていた。すべての歯車がまわってカチカチ鳴っている。

ぼくの脳は、おばあちゃんの住所を知るには、学校の事務室《じむしつ》できくのがいちばんいいと教えてくれた。アインシュタインのやりかたで考えるようになったおかげだ。

事務室にはやさしいおばさんが働いている。名前はリサさんだ。事務室のボスのおばさんは、ジャネットさんという。ほそい黒縁《くろぶち》の眼鏡《めがね》をかけていて、髪《かみ》の毛《け》は灰色《はいいろ》の針金《はりがね》のようだ。いつも苦虫《にがむし》をかみつぶしたような顔をしている。

一度、理科のジェファーソン先生が、ジャネットさんのことを「おいぼれ魔女《まじょ》」と呼《よ》ぶのを聞いたことがある。低い声で、クレーン先生にそう言ったんだ。昼ごはんのすぐあとで、ぼくは実験のために硫酸銅《りゅうさんどう》の結晶《けっしょう》を用意しているところだった。

大事なのは、情報《じょうほう》を教えてもらうおばさんをまちがえないことだ。成功《せいこう》する確率《かくりつ》を高めるには、自分の行動の結果がどうなるか、すべての可能性《かのうせい》を考えないといけない。

昔、おばあちゃんといっしょによく見ていた刑事《けいじ》ドラマに、人殺しが出てきた。完全犯《はん》罪《ざい》をたくらんでいた。そこで殺人を実行する前に長い時間をかけて考えた。結果について、あらゆる可能性を考えたんだ。ぼくやアインシュタインのように。

ところが最後にあわてたせいで、決定的な証拠《しょうこ》を犯罪現場《げんば》に残してしまった。ゴミ袋《ぶくろ》を捨《す》てるとき、管理人《かんりにん》のおじいさんではなくて、そうじ係のおばさんにたのんだのだ。おばさんはせんさく好きだったから、人殺しがいなくなったあとにゴミ袋のなかをのぞいて、血だらけの手袋を発見した。大失敗だ。

ベルが鳴って、みんなが出欠の返事をするために校舎《こうしゃ》に入っていった。ぼくが教室に行くと、クレーン先生が誰《だれ》もすわっていないぼくの席のとなりにすわって待っていた。いつものように。

「ひどい傷《きず》ね、キーラン」先生が言った。

「自転車から落ちたんです」

先生が傷をずっと見ていたから、とうとうぼくは横をむいた。

「あのね、こまったことがあったら、わたしに何でも話していいのよ」先生が言った。

「どんなことでもね」

「はい。でも、こまってません」ぼくはこたえた。

一時間目は数学だった。たいくつ。二時間目は美術《びじゅつ》だった。最高。

ベントリー先生はぼくが描《か》きかけている海の絵を持ってきて、机《つくえ》の上に広げた。美術室の机はすごい。どんなに大きな絵を描いてもはみださない。画用紙をささえる溝《みぞ》がついていて、机の角度をななめにできるから、遠くまで手がとどく。自分の部屋にもこんな机があればいいのに。

今習っているのはパステル画だから、病理医みたいに使《つか》い捨《す》てのゴム手袋《てぶくろ》をはめることができる。

パステルにふくまれる顔料《がんりょう》は、手につくと落ちにくい。洗《あら》ってもなかなかとれない。いつまでも手についたままだったりする。もし血液《けつえき》もそうだったら、殺人犯《さつじんはん》をさがしだすのはずっとかんたんになるだろう。洗い落とされた血を見る唯一《ゆいいつ》の方法は、紫外線《しがいせん》を使うことだ。紫外線は英語《えいご》で「ウルトラバイオレット」といって、「UV《ユーブイ》」と略《りゃく》される。

紫外線はすごい。紫外線をあてれば、殺人犯がいくら洗いながしたり、上からべつのものをぬったりしても、血液のシミを見つけだせる。なぜかというと、血液が紫外線をすべて吸収《きゅうしゅう》して、まったく反射《はんしゃ》させないからだ。だから、シミの部分が黒く見える。鑑識《かんしき》の専門家《せんもんか》は、黒いシミを科学的に分析《ぶんせき》して、血液にまちがいないことを証明《しょうめい》する。証明されれば、警察《けいさつ》は殺人犯をつかまえられる。科学はみごとに、かくされた犯罪《はんざい》の証《しょう》拠《こ》を見つけだすことができるのだ。

ぼくはラウリーの絵に似《に》た海の景色《けしき》を描いていた。「海の景色　1960年」は、ラウリーが北海の景色を北東部の岸辺から見て描いた絵だ。ラウリーは紙に鉛筆《えんぴつ》だけで描いたけど、ベントリー先生はパステルを使わないとだめだと言ったから、ちょっとむっとした。ぼくは灰色《はいいろ》や濃《こ》い紫《むらさき》のパステルを使って描いた。たいていの人はあざやかな青い海を描いていたのに。ぼくの海はとてつもなくさびしくて悲しそうに見えた。

「荒涼《こうりょう》としている」とクレーン先生は言った。

胸《むね》につっかえてぶくぶく泡《あわ》だっているかたまりを描《か》いたら、それが海になって出てきた感じだ。母さんのあざのことを思いだすたびに、胸のなかのかたまりが、ぼくの心臓《しんぞう》をぎゅっとおしつける。

「おもしろいわ」ベントリー先生がぼくの机《つくえ》までまわってきて言った「その空に、鳥を描くの？」

「描きません」

「海と空の境目《さかいめ》をもう少しはっきりさせてもいいんじゃない？」

ベントリー先生のことは好きだけど、先生の描く絵は好きじゃない。先生の絵は美術《びじゅつ》室《しつ》の壁《かべ》いっぱいにかざられている。蝶々《ちょうちょう》や花の絵ばかりで、本物に似《に》てもいない。どの絵も色合いが明るくて、お日さまが照《て》っている。そういう絵を見ても、ぼくの心は何も感じない。

ラウリーのほうがずっといい美術の先生だ。ラウリーの絵を見るだけで、心配事が消えていく。絵のほかのすべてがたいしたことじゃないと思えてきて、何もかもきっとだいじょうぶだという気持ちになる。ラウリーは絵を描くことについて、ベントリー先生が一生わからないようなことを知っている。ベントリー先生は名前のあとに、専門家《せんもんか》だという印の頭文字をつけているのに。

「荒涼《こうりょう》としている絵を描きたいんです」ぼくは言った。

ベントリー先生は眉毛《まゆげ》をぐいっとあげて、クレーン先生の顔を見て、ふたりでこっそりほほえみあった。

授業《じゅぎょう》のおわりに、クレーン先生はぼくの海の絵をまた巻《ま》きあげるのを手伝ってくれた。絵はつぎの美術の時間で完成する予定だ。

「描きおわったら、家に持ってかえって、お母さんに見せられるわね」クレーン先生は言った。

ぼくは聞こえなかったふりをした。

休み時間のあとは体育だった。体育はいちばんきらいな授業だ。理由はつぎのとおり。

1．体育の先生は運動が得意な生徒しか気に入らない。
2．体育の授業にはクレーン先生がついてこない。
——だから、ひとりで授業を受けないといけない。

雨がふっていたから、大体育館で室内サッカーをした。運動がいちばんできるのは、クレイグ・ダラムとマシュー・パウンダーだ。体育のストローン先生のお気に入りだから、チーム分けのときに、いつもメンバーを選ぶ役になる。最後まで選ばれずに残ったのは、ぼくとトマス・ブルーアーだった。トマスはものすごく太っているから、ぶよぶよしたものの内側がこすれて、ズボンに穴《あな》があいてしまう。お母さんが新しいズボンを買っても、すぐにまた穴があく。

そうするとクラスの全員が笑う。トマス以外は。

⑪ おいぼれ魔女《まじょ》

昼休み、ぼくは足を引きずりながら、学校の事務室《じむしつ》にむかった。

本当は足首を痛《いた》めていなかったけど、人に何かを信じてもらうには、本当だというふりをしないといけない。

事務室の窓口《まどぐち》まで行くと、前にふたりならんでいた。先頭の女の子は、給食代をはらいにきていた。おつりを持ってもどってきたおばさんを見て、ぼくは気分が悪くなった。針金頭《はりがねあたま》のボス、ジャネットさんだったからだ。

心臓《しんぞう》がはげしく鳴りだして、頭も指先までもドキドキしはじめた。海の音が聞こえてきませんようにと、そっと祈《いの》った。海の音がすると、ほかのことが何も聞こえなくなってしまう。

女の子がいなくなって、ぼくの前の男の子の番になった。男の子が「7年R《アール》組の名簿《めいぼ》をください」と言うと、ボスおばさんは「チッ」と舌打《したう》ちした。

ぼくが先頭になったとき、ボスおばさんは身長が七フィートあるように見えた。つまりアメリカのバスケットボール選手と同じくらいだ。眼鏡《めがね》をかけているせいで、目が大きく見えて、まるでひいおじいちゃんの双眼鏡《そうがんきょう》でのぞいているみたいだった。

「だから、用件《ようけん》は何?」

海の音がはじまった。耳のなかにシューッと広がって、めまいがしてきた。ぼくは窓口《まどぐち》の棚板《たないた》にしがみついた。ボスおばさんのしわだらけの口が動いているけど、言葉はひとつも聞こえない。

「気持ちが悪いです」とぼくは言った気がする。

事務室《じむしつ》のドアがあいて、もうひとりのおばさん、リサさんが出てきた。受付にあるやわらかいクッションの入った椅子《いす》にすわらせてくれて、静かに待ってくれた。やがて海の音が引いていった。

「キーラン、気分はよくなった?」

ぼくはうなずいた。

「おいぼれ魔女《まじょ》がぼくの頭に海の音を運んできたんです」

リサさんはへんな顔をした。しゃっくりが出ないように、息を止めているみたいに。のりでくっつけたように、唇《くちびる》をぎゅっと結んでいる。

それから、唇をひらいて息を吐《は》きだした。そして歯を見せてにっこり笑った。

「それで、どんな用があってここに来たの？」

ぼくの心臓《しんぞう》はまた鳴りだした。ドキン、ドキン、ドキン。嘘《うそ》をつくのは悪いことだ。

「体育で足首をひねりました。クレーン先生が、おばあちゃんの電話番号と住所を聞くように言いました」

リサさんは顔をしかめた。

「そういうときはふつう、事務室から電話するんだけどね。お母さんはお仕事中？」

よくない展開《てんかい》になってしまった。

「母さんは仕事中です。クレーン先生はべつのことで、おばあちゃんと話したいそうです」

リサさんはぼくの顔を見た。ぼくはまっすぐ前を見て、まばたきをがまんした。ボディーランゲージの専門家《せんもんか》なら、相手が右のほうを見た場合、実際《じっさい》にはおこっていないことをでっちあげているのがわかる。まばたきが多すぎたり、耳や鼻をかいたりしたら、絶対《ぜったい》に嘘をついていることもわかる。

「事務室では個人情報《こじんじょうほう》をいっさい教えちゃいけないことになってるの。データ保護《ほご》の問題があるから。クレーン先生もごぞんじよ」

これじゃうまくいかない。

「おばあちゃんの電話番号は知ってるけど、ぼくの無意識《むいしき》のなかにとじこめられてしまってるんです」

リサさんはほほえんだ。

「そうね、知ってるはずよね。ここで待ってて」

リサさんは事務室《じむしつ》のなかにもどった。

長い時間が過《す》ぎた。リサさんは職員室《しょくいんしつ》のクレーン先生に電話をかけているのかもしれない。スパーショップに電話して、母さんと話しているのかもしれない。うちにはかけられないはずだ。トニーが通信会社のヴァージン・メディアにしはらいをするまで、電話がつながらないから。

おいぼれ魔女《まじょ》が窓口《まどぐち》までやってきて、ぼくをにらみつけた。もうれつないきおいでガラス戸をしめたから、ガラスが割《わ》れて、おいぼれ魔女の指がもげるかと思った。

しかえしに、ぼくは頭のなかで絵をでっちあげた。ガラス窓が血だらけになって、おいぼれ魔女が悲鳴をあげている。指が四本もげて、そのうち二本がぼくの真ん前の床《ゆか》に落ちているけど、ぼくは拾わない。指には短くて濃《こ》いピンク色の爪《つめ》がついたままだ。おいぼれ魔女はさけびながら、手を持ちあげていて、その手には親指しか残っていない。

「キーラン、だいじょうぶ？」

リサさんが目の前に立っていた。

窓口のガラスは割れていない。床に指は落ちていない。

「具合がよくないみたいね」

リサさんは紙切れをくれた。

「はい、おばあちゃんの電話番号よ。住所が必要なら、クレーン先生に、わたしのところまで来るように伝えてね」

⑫ ヒーローの物語

うちの団地《だんち》のはしに公衆《こうしゅう》電話ボックスがある。

ぼくの部屋にはブタの貯金箱《ちょきんばこ》がある。学校から帰ったら、なかのお金を数えるつもりだ。おばあちゃんに電話できるくらい貯《た》まっているといいけど。

家に帰るのに、川岸を通る遠まわりの道を使った。雨がやんで、バンやガンの鳴き声が聞こえる。

角《かど》を曲がったところで、立ちどまった。ぼくがコリンさんの死体を見つけた場所に、人が集まっている。

空は灰色《はいいろ》、川の水も灰色。集まっている人たちは黒い服を着ている。小さくかたまって立っている。

ラウリーの「葬儀《そうぎ》」という油絵にそっくりの景色《けしき》だ。といっても、うしろに教会や墓地《ぼち》はなくて、川があるだけだけど。集まっている人たちの顔も見えないし、声も聞こえないけど、その姿《すがた》から悲しみがこぼれおちている。ラウリーが描《えが》いたのは悲しみなのだ。人々の顔ではなくて。ラウリーは絵を見る人にそんなふうに思わせる。

ぼくは集まっている人たちに少し近づいた。止まった。また少し近づいた。川をのぞきこんでいるふりをしながら、すぐそばまで行った。

女の人がふたりと、男の人が三人いた。女の人たちは泣いていて、男の人たちは悲しそうな顔をしている。

「なっとくできないね」頭のはげた男の人が言った。「何にも話してくれないじゃないか」

「話すようなことはあんまりないって言ってたわ」女の人のひとりが言った。「あやまって川に落ちただけだろうとしか」

「きみ、何か用があるのかい？」

べつの男の人が、ぼくがじっと聞きながら見ているのに気づいて言った。

そういえば、クレーン先生が、人はじっと見られるのをいやがると言っていた。

「いいえ」ぼくはこたえた。

「このあたりに住んでいるのかい？」

上流階級風の声だ。

「メープル通りに住んでます。母さんとトニーとライアンと」

「なるほど」

男の人は、ほかの人たちをちらっと見た。

「ジーンさんの友だちが川のなかで死んでいるのを見ました」ぼくは言った。

ピンク色のスカーフを巻《ま》いた女の人は悲鳴をあげ、はげた男の人が、その人の体に腕《うで》をまわした。

「つくり話をしている場合じゃないぞ」

はげた男の人は、学校の先生みたいな声を出した。

「その人はコリン・カークという名前でした。ホームレスだったけど、生きつづけたかったんです」

「信じられない。その子、本当のことを言ってるのよ」

もうひとりの女の人が声をあげた。

「何があったのか、最初から話してくれないか？」

三人目の男の人がいった。かなり若《わか》そうだけど、年とってつかれたような顔をしている。

ぼくは何もかも話した。コリンさんの死体が、川に浮《う》かんだぼろきれに見えたこと。警《けい》察《さつ》はコリンさんが酔《よ》っぱらって川に落ちたと思っていること。そして、ジーンさんとぼくはコリンさんが殺されたと思っていること。

女の人たちはこれまで以上にはげしく泣いていた。ぼくはいけないことを言ったのではないかと心配になった。

「そのジーンさんという人には、どこで会えるかね？」

はげた男の人がきいた。

「家はないんです。ときどき、あの橋の下にいます」

はげた男の人はピンクのスカーフの女の人に耳打ちすると、川岸を歩いていった。

「そんなに心配そうな顔をしないで」もうひとりの女の人が言った。「話してくれて、どうもありがとう。警察よりもずっとたくさんのことを教えてくれたわ」

「コリンさんのこと、知ってたんですか？」

「兄だったの。わたしは妹のディアドラ」

ディアドラさんが手をさしだしたから、あくしゅした。あくしゅの練習は、クレーン先生としたことがある。

「お会いできてうれしく思います」ぼくは言った。

「わたしはコリンのいとこよ」ピンクのスカーフの女の人が言った。「あとの三人は、コリンのことを知っていて、心配してた人たち」

「心配してたなら、どうしていっしょに住まなかったんですか？」

ディアドラさんはもうひとりの女の人のほうを見た。落ちつかないように体を左右に動かした。

「そうかんたんにはいかないこともあるのよ。人ってね、助けてもらいたくないときもあるの。ひとりにしておいてほしいって思うときがね」

おばあちゃんが、ひとりにしておいてほしいと思っていなければいいけど。ぼくが電話したら、喜んでくれるといいけど。

ぼくは川岸を少し行った先にある、橋のほうを見た。はげた男の人はいなくなっていた。もう一度見ると、はげた男の人が橋の下から出てきた。ジーンさんといっしょだった。ふたりでこっちまで来ると、ジーンさんはみんなのうしろをまわって、ぼくのとなりに立った。ぬれた犬みたいなにおいがした。

「この人がジーンさんだ」はげた男の人がみんなにしょうかいした。「やはりコリンのことを知っていたそうだ」

みんなはいっぺんに「こんにちは」と言った。ディアドラさんがジーンさんのよごれたサンダルを見つめるのが見えた。

ジーンさんはこたえなかった。そうかんたんに言いなりにはならないよ、という意味なのだ。

ピンクのスカーフの女の人がきいた。

「ここが、コリンが亡《な》くなった正確《せいかく》な場所なの？」

ジーンさんとぼくは川のほうを見た。ふたりともうなずいた。

「それなら、ここで話すのがいいわね。コリンがどんなにりっぱな生きかたをした、すばらしい人だったか」女の人は目のあたりをふいた。「すくなくとも、ここに住んでいるふたりの人には、コリンがただのぼろぼろのホームレスじゃなかったことを知ってもらえるわね」

はげた男の人が咳《せき》ばらいをして、ジーンさんのほうを見た。

「失礼。今のは悪気《わるぎ》はなかった」

「コリンは小さいときから、消防隊《しょうぼうたい》に入ることしか考えていなかったの。三十年近くお勤《つと》めを果たしたころのことだった。ある晩《ばん》、ノッティンガムでもとくににぎわっているパブが、放火されたの」

「あの人は消防隊にいたって、言ってたよ」ジーンさんが声をあげた。

女の人はうなずいた。

「消防隊の人たちはパブを空《から》にした。全員を運びだして、けが人を病院につれていったの。そのあいだ、火はますますはげしく燃《も》えさかっていた。消防隊が力をつくして消しとめようとしてもだめだった。大家《おおや》が法律《ほうりつ》に違反《いはん》して、建物の裏《うら》にディーゼル燃料《ねんりょう》をおいていたんだけど、それに火がついて爆発《ばくはつ》したのよ」

「建物の二階に人が住んでいたことに、誰《だれ》も気づかなかったんだ」はげた男の人が言った。「気づいたころには、炎《ほのお》が階段《かいだん》をのみこんでいた。警察《けいさつ》によると、大家《おおや》の話では母親とおさない子どもが三人住んでいたそうだ。建物の裏側《うらがわ》から二階にとどく長いはしごをとりよせないといけなかった。だがそれを待っていたら、一家は全滅《ぜんめつ》だと、コリンは気づいたんだ。だから、燃《も》えている建物のなかにけっして入るなと上司《じょうし》にきびしく禁《きん》じられていたのに、コリンは入っていった」

「かっこいい」ぼくは言った。

ピンクのスカーフの女の人が、何ともいえない顔でぼくを見た。

「コリンはお母さんとふたりの子どもたちを、生きたまま助けだしたの。だけど、いちばん下の赤ちゃんは、もう息をしていなかった。コリンはヒーローになったけれど、ひどい火傷《やけど》を負ってしまったの」

「火傷が治るのに、ほとんど一年近くかかったよ。そして、やっと治ったと思ったら、消防隊員《しょうぼうたいいん》として働ける体ではないと申しわたされたんだ」はげた男の人はにごった川の底へ目をやった。「あの家族を救ったのと引きかえに、コリンは仕事も正気も失ってしまったんだな」

「コリンは旅に出たの」スカーフの女の人がつづけた。「けっして見つからないものをさがしもとめてね。コリンは、あの赤ちゃんを救えなかった罪悪感《ざいあくかん》にとりつかれていたのよ」

「もう三年も連絡《れんらく》がなかったわ」ディアドラさんが言った。「警察がコリンの袋《ふくろ》のなかにわたしの名前と住所を見つけて、知らせてきたの」

「ヒーローの悲しい最期《さいご》だ」若《わか》い男の人が言った。

⑬ あざ

帰る前に、ディアドラさんはジーンさんに自分の名前と住所を書いた紙切れをわたした。はげた男の人はお札《さつ》の束をわたしていた。

ジーンさんが死んで、警察《けいさつ》がジーンさんの持ち物のなかからそのお札を見つけることにならないといいけど。

その人たちが帰ったあと、ジーンさんは黙《だま》っていた。ぼくもジーンさんも、ひとりになりたかった。

「宿泊所《しゅくはくじょ》に行ってくるよ」

そう言ったジーンさんは、いつも以上に年とって見えた。

ぼくも宿泊所についていきたかった。前に一度、ジーンさんといっしょにそばまで行って、外から見ていたことがある。

ホームレスの人たちがぞろぞろとなかへ入っていった。どの人も同じに見えた。男も女も関係ない。歩きかたも同じ。ゆっくりと、体じゅうが痛《いた》むみたいに歩く。ラウリーの描《えが》く人々のように、前かがみになっている。全員がひとりの大きな悲しい人間であるかのようだった。あまりにそっくりで。

長いあいだ路上で暮《く》らしていると、体のどこもかしこも暗い灰色《はいいろ》になってしまう。唇《くちびる》まで。色が残っているのは、目だけだ。

ぼくは川岸を歩いていって、ベンチに腰《こし》かけた。

コリンさんのことや、コリンさんが火事から子どもたちを救ったことを考えた。コリンさんを殺人犯《さつじんはん》から救ってくれる人はいなかった。警察も気にしていないから、コリンさんに何があったのか、本当のことをつきとめようとしている人は誰《だれ》もいない。

家に帰りたくなかった。母さんが家にいればいいのに。母さんがスパーショップで働いているときは、ぼくはお店に入れない。勤務中《きんむちゅう》に知り合いと話してはいけないと、従業員規則《じゅうぎょういんきそく》で決まっているから。

あたりには誰もいなかった。川のむこう岸にも。川にはカモやオオバンがいるから、ぼくはひとりぼっちではなかった。それに、姿《すがた》は見えないけど、水のなかにはたくさんの魚がそれぞれの家族で泳ぎまわっている。虫眼鏡《むしめがね》があれば、とても小さくて細胞《さいぼう》がひとつしかない、アメーバという生物まで見えるかもしれない。

カモやオオバンや魚はおたがいに傷《きず》つけあったりしない。人間とちがって。

レインコートは雨にぬれないためにはいいけど、体をあたためるのには役に立たない。体がぶるぶるふるえてきたけど、ぼくはまだ家に帰らなかった。

ベンチから立ちあがると、コリンさんのお墓《はか》までもどった。

ひとりごとを言うと、頭がおかしいと思われる。でも、ぼくはひとりごとを言っているんじゃなくて、コリンさんの霊《れい》と話しているんだ。人は死ぬと、体をぬけだして、霊になる。映画《えいが》『パラノーマル・アクティビティ』でやっていたみたいに。コリンさんは、人にとりつくおそろしい霊ではない。コリンさんの霊は、今はただ川のなかに住んでいるんだ。

「コリンさん、何があったのか、ぼくがつきとめます。約束します」ぼくは声に出して言った。

何かを声に出して言ったら、それは本当にやるという意味だ。それを言ったとき、ぼくは下をむいていた。もし誰《だれ》かにこっそり見はられていて、口を動かしているのを見られたら、頭がおかしいと思われるから。

ぼくは家にむかって歩きだした。団地《だんち》をつきぬける、アークライト遊歩道に入った。アークライト遊歩道は長くて広い道で、メドウズ地区のなかを通っている。くねくね曲がっていて、水のない川みたいだ。たどっていくと、メドウズ地区の反対側に出られる。

道の両側に木が点々とならんでいて、足音をたてて歩いていると、道に面したアパートの窓《まど》があいて、なかの人に「あっち行け、くそ野郎《やろう》（ピーッ！）」とどなられる。

ここを歩いていいのは昼間だけ、せいぜい夕方くらいまでだ。夜になると、不良グループが銃《じゅう》やナイフを持って集まってくる。子どもが来てはいけない場所だから、ぼくは不良たちを見たことはない。カールトン・ブレークの話だと、不良グループにつかまったら、ナイフでめったぎりにされてゴミ箱に捨《す》てられて、誰にも気づいてもらえないんだ。

歩きながら、きょろきょろと証拠《しょうこ》をさがした。舗道《ほどう》に残された血の痕《あと》とかを。もしあたりが暗くて、紫外線《しがいせん》を使うことができるなら、血痕《けっこん》はかんたんに見つけられる。でもコリンさんが死んだ場所には血が残っていないから、殺人犯《さつじんはん》をさがすのはむずかしそうだ。これまで見た「CSI《シーエスアイ》：科学捜査班《そうさはん》」ではほとんど毎回、刑事《けいじ》が殺人犯をつかまえる重要な手がかりが、血痕だった。

アークライト遊歩道を半分くらい進んだところで、左に曲がって団地に入っていった。角《かど》にスパーショップが見える。外のゴミ箱はお店から出たゴミじゃないものでいっぱいだ。誰かがおきざりにした、車輪がひとつもない古いベビーカーが立てかけてある。

スパーショップの窓には、巨大《きょだい》な食べ物の絵がついたポスターがびっしり貼《は》ってあるから、間近まで行って、すきまからのぞかないといけなかった。

レジに立つ母さんが見えた。窓《まど》のすぐそばだ。窓をとんとんたたいたら、手をふってくれるかもしれない。でもすぐに、従業員規則《じゅうぎょういんきそく》のことや、もしぼくのせいで母さんが首になったらトニーがどうするかといったことが思いうかんだ。

ぼくが家に帰ったときに母さんがいてくれたらかんぺきなのに。それでもとりあえず、窓から母さんを見ることはできた。顔に茶色っぽいものを厚《あつ》ぬりして、あざをかくしているけど、それでもちょっと見えている。

首についていた赤い痕《あと》は、ポロシャツのえりでかくれている。それ以外は、いつもの母さんと変わらない。

母さんはお客のおばさんと話していた。歯を見せてほほえんでいるから、その人のことを気に入っているんだ。おつりを出そうと下をむいたとき、おばさんが母さんのあごのあざをこっそりと見た。

母さんはにこにこしていたけど、目はまだ悲しそうだった。よく知っている相手だと、そういうことはすぐわかる。知らない相手だともっとむずかしい。

うちの前の通りまで帰ってきたとき、ぼくは特殊任務《とくしゅにんむ》テクニックの訓練をすることにした。イギリスのSAS《エスエーエス》(特殊空挺《くうてい》部隊)はいつも実地訓練をしていて、ヘリコプターからロープでおりてきたり、誰《だれ》にも見られないように人里離《はな》れた農家にしのびよったりしている。訓練しておかないと、実際《じっさい》の緊急事態《きんきゅうじたい》に対応《たいおう》できないからだ。

ぼくはトニーとライアンを使って、スパイ技術《ぎじゅつ》の訓練をすることにした。

まず、家のわきのせまい通路に入って、壁《かべ》にぴたりと背中《せなか》をつけた。そのまま壁沿《ぞ》いにこっそり進んで、ちょうど壁の裏《うら》にソファがある場所まで来た。レーザー銃《じゅう》を持っているふりをしたけど、警察《けいさつ》が来るといけないから、音は立てなかった。

ぼくはトニーを背中から撃《う》った。それから銃口を少しあげて、部屋の反対側にあるX《エックス》box《ボックス》専用《せんよう》の椅子《いす》にすわるライアンを狙《ねら》った。

ライアンは去年のクリスマスに、そのすごい椅子をトニーに買ってもらった。黒い革張《かわば》りで、Xboxのコントローラーを入れるポケットが肘《ひじ》かけについている。肘かけには特《とく》製《せい》のカップホルダーまであって、紅茶《こうちゃ》のマグカップや缶《かん》ビールを入れられるんだ。

ぼくはその椅子に絶対《ぜったい》にすわってはいけない。

クリスマスの朝、ライアンにこう言われた。

「この椅子にちょっとでもケツを近づけたら、マジで頭を引っこぬく」

人の頭を引っこぬくことなんかできない。すくなくとも、素手《すで》じゃむりだ。人の首には太い腱《けん》や骨《ほね》があって、しっかりと頭をささえている。ライアンは何も知らないんだ。

あるとき、ライアンがバス待合所のガラスを蹴《け》やぶって足の親指を骨折《こっせつ》して、トニーが救急病院につれていかないといけなかった。母さんがお風呂《ふろ》に入りに二階へあがったとき、ぼくはライアンのＸｂｏｘ《エックスボックス》専用《せんよう》椅子《いす》にすわった。真新しい革《かわ》のにおいがして、クッションの入った背《せ》もたれはふかふかだったけど、それでもその椅子は気に入らなかった。立ちあがる前に、ぼくは椅子の上で大きなおならを二回して、指につばをちょっとつけてカップホルダーの底にぬった。だから、ぼくの勝ちだ。

このことはノートに書いてあるから、まちがいなく事実なのだ。

母さんはライアンの椅子のようなすごいプレゼントをぼくに買えなかった。仕事で稼《かせ》いだお金を全部トニーにわたしていて、自分ではまったく使わせてもらえなかったから。でも、ぼくは気にしなかった。おばあちゃんが「ＣＳＩ《シーエスアイ》：科学捜査班《そうさはん》」のことがくわしく書いてある、大きくてぶあつい ハードカバーの本を買ってくれたからだ。

本にはテレビシリーズのことが何でも書いてあった。鑑識《かんしき》のことなんかも全部。ぼくは本をすみからすみまで気に入っているけど、俳優《はいゆう》の名前やふだんの生活について書いてあるページだけはいやだ。本がちょっとだけ、だいなしになる。なぜなら、「ＣＳＩ：科学捜査班」が本物のＬＶＰＤ《エルブイピーディー》（ラスベガス市警察《けいさつ》）の話ではないとみとめているようなものだから。つくりものにすぎないんだと。

⑭ しかえし

トニーとライアンを壁《かべ》ごしに銃撃《じゅうげき》したあと、ぼくは横木戸から庭へしのびこんだ。昔は誰《だれ》かが庭に入ってくるたびに、タイソンが吠《ほ》えていたけど、今はそんなことをしない。トニーは市のゴミ収集の仕事を辞《や》めてから、めったにタイソンを散歩につれていかなくなった。それまでは毎日、タイソンといっしょに団地《だんち》を歩きまわっていたのに、タイソンがライアンと母さんにかみついてから、興味《きょうみ》をなくしてしまった。自分もかみつかれるのが、こわいのかもしれない。かみつかれても当然だと思うけど。

母さんは仕事から帰ると、タイソンにごはんをあげる。たまに、暗くて庭の奥《おく》まで見えないときは、つぎの朝までおあずけになる。本当は母さんはタイソンのことが好きじゃない。大きい犬だし、またかみつかれないか心配なんだ。母さんが物置の戸をあけると、タイソンは立ちあがるけど、足がすっかりこわばっている。物置のなかがくさいから、母さんはいつもティッシュで鼻をおさえている。

昼間なのに、居間《いま》のカーテンは全部しまっていた。ライアンはいつもそうやって、ゲームがよく見えるようにしているんだ。

ぼくは庭の奥《おく》まで行って、物置の外に腰《こし》をおろした。タイソンがなかでうろうろ動きまわっているのが聞こえる。

「おまえを外に出してあげられたらいいんだけど」ぼくは話しかけた。

おとなじゃなくても、犬のことを「おまえ」と呼《よ》んでもかまわないんだ。その犬のことが好きだよ、という意味だから。

タイソンは大きくて獰猛《どうもう》だけど、物置の戸のむこうで、小さな赤ちゃんのようなかぼそい声をあげた。動物は世話をしてあげないといけない。動物はいつもひとりぼっちで窓《まど》のない物置になんかとじこめられていたくない。ひとりで勝手にやれとほったらかすのは、いい飼《か》い主《ぬし》じゃないんだ。

「そういうのは、『ネグレクト（飼育放棄《しいくほうき》）』っていうの」学校でその話をしたとき、クレーン先生が言った。先生の怒《おこ》った顔なんか見たことがなかったけど、タイソンが物置に住んでいる話をしたときは本当に怒っていた。

ぼくはタイソンが好きだけど、信用はしていない。タイソンのような犬は、いつかみついて襲《おそ》ってくるかわからないから、信じてはいけないんだ。前に、小さい女の子といっしょに育てられていた二頭のロットワイラーのニュースを見た。ふだんはかわいい赤ちゃんみたいな犬たちだった。飼い主のお父さんは、「めちゃめちゃおとなしかった」と、インタビューでこたえていた。その犬たちがある日、女の子のおばあちゃんが部屋から出ていたすきに、女の子を襲って死なせてしまった。犬たちは処分《しょぶん》されるしかなかった。つまり、獣医《じゅうい》さんが注射《ちゅうしゃ》を打って殺したんだ。

アメリカには死刑制度《しけいせいど》がある。すごいことだけど、考えると少し気分が悪くなる。殺人《さつじん》犯《はん》などの極悪《ごくあく》な犯罪者《はんざいしゃ》を処刑するとき、今でも電気椅子《いす》を使うことがあるけど、ほとんどの場合はお医者さんが注射を打つ。それを「安楽死」というんだ。

注射のほうが、電気をかけるうちに耳から煙《けむり》が出てくる電気椅子よりもよい方法だというう。でも、どっちみち死ぬのだから、ぼくにはちがいがわからない。

ぼくはタイソンのそばを離《はな》れて、勝手口からキッチンにしのびこんだ。それから廊下《ろうか》に通じるドアの前で立ちどまって、聞き耳をたてた。薬物捜査《そうさ》をしにきた警察官《けいさつかん》になったつもりで。居間では、ライアンのゲームの音がとどろいている。ぼくはドアをちょっとあけて、顔だけ出した。誰《だれ》もいないのをたしかめると、戸口を通り、背中《せなか》を壁《かべ》につけながらそろそろと廊下を進んだ。

そっと二階にあがって、自分の部屋に入り、ドアをしめた。

ぼくのブタの貯金箱《ちょきんばこ》は、おなかに小さなプラスチックの栓《せん》がついている。ブタのなかではお金がジャラジャラいっている。栓をぬくのにものすごく時間がかかった。栓のすきまにペンをさしこまないといけなかった。

人間にいちばん近い動物はサルやチンパンジーだ。どうして知っているかというと、つぎのとおり。

(a) 動物学者のデイビッド・アッテンボローが撮《と》った映像《えいぞう》には、サルやチンパンジーが棒《ぼう》で道具をつくって使っているところが映《うつ》っている。たとえば、水のなかのものをとったり、ハチの巣からハチミツをとったりしている。

(b) サルやチンパンジーは親指と人差し指の先をくっつけて輪をつくれる。これができると、すごく便利《べんり》だ。そうは思えないかもしれないけど。

それでもサルやチンパンジーには、ブタの貯金箱の栓ははずせなかったと思う。むずかしすぎて。

やっと栓がぬけたとき、ぼくは一瞬《いっしゅん》じっと聞き耳をたてた。もし今ライアンが入ってきたら、お金を全部とりあげられて、おばあちゃんに電話できなくなる。でも、床下《ゆかした》からまだゲームの爆音《ばくおん》が聞こえているから、だいじょうぶだ。

ブタの貯金箱をガチャガチャふって、穴《あな》から硬貨《こうか》を落とした。いろんな種類の、いろんな金額《きんがく》の硬貨が出てきた。

「金種ね」クレーン先生は言う。

ぼくはいろんな金種の硬貨をポケットに入れ、ブタの栓をさっきよりゆるめにもどした。それから洋服だんすの奥《おく》にしまってある「ビー玉落としゲーム」の裏《うら》にかくした。

レインコートの内側にノートとペンを入れると、一階にもどった。居間《いま》のドアから、なかをちらっとのぞいた。トニーとライアンはいつもの場所にいる。トニーは本当に背中《せなか》から撃《う》たれたかのように見える。ソファに横むきに寝《ね》ころがって、口を大きくあけている。死んでいるみたいに。

キッチンの時計は5：30ｐｍ。母さんが帰ってくるまで、あと三時間はかかる。スパーショップで働いたあと、そうじの仕事をしにいかないといけないから。

家の前の通りに出ると、ぼくはこう言った。「トニー、あんたは乱暴《らんぼう》なくさいブタだよ。さっさと去勢《きょせい》すべきだね」口に出して言ったけど、声は小さくした……念のために。

電話ボックスに近づくと、なかに年上の男の子たちが何人かいた。あの人たちが電話をこわして使えなくしませんように、とお祈《いの》りを唱えた。

「破壊行為《はかいこうい》」とクレーン先生は言っていた。学校の壁《かべ》に貼《は》ってあったぼくの絵を、誰《だれ》かがやぶりとったときのことだ。「まったく非常識《ひじょうしき》でひどい犯罪《はんざい》よ」

学校の先輩《せんぱい》たちは、破壊行為《はかいこうい》をするのが好きだ。なぜだかわからない。すてきなものを見ると、たとえばデンマンさんの庭の花みたいなものを見ると、めちゃくちゃにこわして、誰《だれ》も楽しめないようにする。デンマンさんがどんなに手をかけて、両どなりのみすぼらしい庭よりもきれいな庭にしているかなんて、ぜんぜん気にしていないんだ。

家というのは、手入れをしないと、見すてられた感じになっていく。こまかい部分がはがれおち、ペンキがむけてはげていく。家も悲しそうに見えることがある。人間と同じように。ラウリーはさびしくて悲しいとき、うちすてられた家や船着き場の絵を描《えが》いた。そういう絵を見ると、たんにさびしい場所が見えるだけじゃなくて、体の芯《しん》までひとりぼっちで悲しい気持ちになる。

ライアンがバス待合所のガラスを蹴《け》やぶったのは、ただ蹴やぶりたかったからだ。数日後に、市の担当者《たんとうしゃ》がふたり来て、ぶあつくてずっと割《わ》れにくい特殊《とくしゅ》なプラスチックに交換《こうかん》した。そのあと、よごれた舗道《ほどう》に散らばったダイヤモンドのようなガラスの破片《はへん》をすっかりはきあつめた。

警察《けいさつ》は指紋《しもん》をとりにこなかった。バスに乗る人は全員、待合所の金属製《きんぞくせい》の椅子《いす》にさわっている可能性《かのうせい》があって、どれが「ホシ」の指紋か見わけられないからだ。「ホシ」は「犯人《はんにん》」という意味で、警察が使う言葉だ。こういう言葉を使うと、事情《じじょう》がわかっている人だと思われる。

ぼくは上着のポケットから腕時計《うでどけい》をとりだした。プラスチックのバンドが切れたから、腕にはめられない。

5：50pmに、電話ボックスの破壊行為者たちは出ていった。角《かど》を曲がって見えなくなるまで待ってから、ぼくは電話ボックスに入った。

小さな棚《たな》の上に、半分飲みかけのビールと、半分食べかけのポテトチップスの袋《ふくろ》がおいてあった。おなかがグーグー鳴っていたから、ポテトチップスを食べた。エビのカクテル味で、ぼくの好きなチーズオニオン味ではなかったけど。

さっきいたひとりが、受話器につばを吐《は》きかけていた。なぜわかったかというと、まだびしょびしょで、泡《あわ》が立っていたから。

病気になるといけないから、つばにさわらないように注意した。電話のかけかたの説明を三回読んで、順番をよく覚えこんだ。

それから、おばあちゃんの電話番号にかけた。

⑮ 行方不明者

プルル、プルル……。プルル、プルル……。

ぼくは呼《よ》び出《だ》し音をじっと聞いた。おばあちゃんが長椅子《ながいす》から立ちあがって、廊下《ろうか》に出て、電話をとるところを想像《そうぞう》した。おばあちゃんはいつもエプロンをつけている。料理をしていないときにも。

自分ののどが大きく腫《は》れあがってきた感じがしたけど、さわってみたら、いつもと変わらなかった。

プルル、プルル……。プルル、プルル……。

「もしもし?」

おばあちゃんの声じゃなかった。ぼくは口のなかがちょっとすっぱくなった。

「誰《だれ》?」

そう言ったとたん、クレーン先生がマナーについて話してくれたことを思いだした。マナーを守ると、人に好かれると言っていたことも。

「すみません、おばあちゃんと話がしたいんです。おばあちゃんの名前はグラディスです」

「あんた、番号をまちがえてるよ」

男の声がそう言って、電話が切れた。

電話番号をおす前に、お金を入れないといけない。ポケットにまだ硬貨《こうか》が残っている。それを金属《きんぞく》でできた投入口に入れた。

プルル、プルル……。プルル、プルル……。

「もしもし？」

さっきの男がいらついた声で出た。またぼくからの電話だとわかっているように。

「すみません、おばあちゃんはそこにいますか？」

「あんた、耳が聞こえないのか？　番号をまちがえてるって言っただろうが」

「おばあちゃんはどこにいるんですか？」

男はため息をついた。

「知るわけないだろ。市の係の話だと、ここに住んでたおばあさんは病院に入院したってよ」

頭のなかがごちゃごちゃになったけど、それを整理するひまはなかった。ぼくはラスベガス市警察《けいさつ》（ＬＶＤＰ《エルブイディーピー》）の刑事《けいじ》のつもりになった。もっと情報《じょうほう》が必要だ。

「すみません、あなたの住所を教えていただけますか？」

「オーカム通り五番地。あんた、自分のおばあちゃんの住所を知らないのか？」

今のは修辞的疑問《しゅうじてきぎもん》だ。なぜなら、男はぼくが返事をする前に、電話を切ったからだ。

ぼくは金属製《きんぞくせい》の棚《たな》によりかかって、何もかもノートに書きとめた。会話をひとことももらさずに記録し、「オーカム通り五番地」のところはとくに重要だから、ブロック体の大文字で書いた。

棚板には小さなチラシがおいてあって、いやらしい女の人の写真がついていた。マッサージをする人だ。ぼくはそのチラシをポケットに入れてから、ノートとペンをしまった。筋道《すじみち》をたてて考えられるように、川岸を歩くことにした。

母さんに、おばあちゃんがもう自分の家に住んでいないことを伝えたかった。入院しているかもしれないと言いたかった。母さんなら、どうすればいいかわかるだろうから。

でもそのとき、トニーにおびえている母さんの顔が頭に浮《う》かんだ。顔や首のあざのことや、母さんがおばあちゃんの話をしたがらなくなったことを思いだした。

もしも、ぼくがひとりでおばあちゃんの居場所《いばしょ》をつきとめたら、母さんはぼくといっしょに会いにいくかもしれない。こっそりと、トニーに黙《だま》って。でももし今晩《こんばん》、居場所がわからないのにおばあちゃんの話をしたら、母さんは「そんなことは忘《わす》れなさい」と言うに決まっている。母さんの目が今よりもっと悲しそうになったらいやだ。

今は6：15pm。母さんが帰ってくるまで、まだまだ長い時間がかかる。

そのあいだに、殺人事件《じけん》の捜査《そうさ》ができる。

ぼくは橋をわたって、宿泊所《しゅくはくじょ》のほうへ歩いていった。誰《だれ》かについて知るには、その人を知っている人と話すのがいちばんだ。

宿泊所はロンドン通りにある。二十分かかって、たどりついた。

宿泊所の外には、男の人たちがかたまって立っていた。ジーンさんやコリンさんほど年とっていないし、ぼろぼろの服を着ていない。少しはぼろぼろだけど、年がずっと若《わか》くて、なかには缶《かん》ビールを持っている人もふたりいた。

その人たちは、ぼくが目の前を通ってひらいたドアからなかに入っても、見むきもしなかった。

宿泊所のなかは、ゆでたキャベツのにおいがした。学校の食堂もいつも、食べ物がかたづけられたあとでも、そういうにおいがする。机《つくえ》の前にすわっていたおばさんが顔をあげた。

「何かご用かしら？」

「ジーンさんをさがしてるんです。それか、ほかにコリンさんを知っていた人」

おばさんはぼくをじっと見た。

「ジーンさんはもと助産師《じょさんし》さんだったけど、息子《むすこ》さんが事故《じこ》で死んだあと神経衰弱《しんけいすいじゃく》になったんです。それで、コリンさんは殺されたんです」

おばさんは首を横にふると、書類に目を落とした。

「よかったら、見てみて。誰《だれ》か見つかるかもしれないから」

部屋は広くて、人がおおぜいいた。遠くからだと、ほとんどの人がジーンさんと同じに見える。ホームレスだとすぐわかる。年齢《ねんれい》はさまざまだ。ぼくは部屋のはしを歩いていった。こっちを見る人はいても、誰も何もいわない。

奥《おく》にある飲み物の窓口《まどぐち》のそばに、男の人が立っていた。警備員《けいびいん》の制服《せいふく》を着ている。ここの責任者《せきにんしゃ》なのかもしれない。歩きまわるぼくをじっと見ている。

「こんなところで、何してるの？」

ふりむくと、ジーンさんがいた。木でできた椅子《いす》にどっかり腰《こし》をおろして、マグカップに入った紅茶《こうちゃ》をすすっている。

ぼくはジーンさんのとなりで、木の床《ゆか》にすわり、ノートとペンをとりだした。

「コリンさんについて、ききたいことがあるんです。ぼくは殺人犯《さつじんはん》をつきとめるって、約束したんです」

「誰に約束したの？」

「コリンさんにです。川に住んでいる、コリンさんの霊《れい》に」

「ああ、そう」

ジーンさんはぼくの質問《しつもん》にほとんどこたえられなかった。

コリンさんを最後に見た時間は？　コリンさんは貴重品《きちょうひん》を身につけていた？　コリンさんには敵《てき》はいた？

「わからないね」

どの質問にも、ジーンさんはそうこたえた。

ぼくはノートをとじた。

すると、ジーンさんが言った。

「ビリーじいさんにきいたらどうだろね。ほら、あそこにいるよ」

ジーンさんは反対側の壁《かべ》のほうを指さした。見ると、おじいさんがひとりですみっこにすわっていた。あんなに長いあごひげは、本のなかでしか見たことがない。

宗教《しゅうきょう》教育の時間に、アメリカのアーミッシュの人たちの宗教について習った。アーミッシュの男の人は結婚《けっこん》するとひげを生やさないといけない。生やさないなんて選択《せんたく》はないのだ。ビリーじいさんはアーミッシュなんだろうか。

そうたずねると、ビリーじいさんは、こんなにおかしい話は聞いたことがないというように、大笑いした。

「ああ、わしゃそうだとも。そのとおりだしゃ」

ビリーじいさんはスコットランド出身だった。しゃべりだしたら止まらなくて、発音も聞きとりにくかった。

「あんしゃん、あすこっから、あったかいのを一ぱい、とってきてくれっしゃんかな」

ぼくは紅茶《こうちゃ》をとってきてあげた。ビリーじいさんは砂糖《さとう》を三袋《ふくろ》も入れろと言った。どうりで歯がぼろぼろなわけだ。

学校に歯の健康《けんこう》について教えにきた女の人がいた。正式な歯医者さんではないけど、歯科衛生士《えいせいし》さんだったから歯のことをちゃんと知っているのだ。

ふつうの人は、歯をみがけばそれでいいと思っている。でも、そのほかにもデンタルフロスで歯の間をそうじして、流しの洗剤《せんざい》みたいなにおいのするマウスウォッシュで口のなかをゆすがないといけないんだ。うんと年とるまで歯をじょうぶにしておきたかったら、毎日そうしないといけない。ぼくたちは全員、デンタルフロスの切れはしをもらった。ぼくのは、今でも自分の部屋の本棚《ほんだな》にのせてある。

母さんに歯の手入れに使うものがいると言ったら、ほかに考えないといけないことがいっぱいあるし、金のなる木なんかないのよ、と言われた。

砂糖によって歯のエナメル質《しつ》がどうなるか説明したら、ビリーじいさんはげらげら笑った。

「おっふぉっふぉ、今度わしゃ爪《つめ》のお手入れに行くときに、その歯のお手入れ用品とやらを買うとしょう。ありがとよ、あんしゃん、ありがと」

ぼくはビリーじいさんのスコットランド風の言葉を全部はノートに書かなかった。聞いているだけで頭が痛《いた》くなったし、書きとめるのにも時間がかかりすぎるから、ビリーじいさんの言ったことをふつうの言葉に書きかえることにした。

「翻訳《ほんやく》ね」フランス語の授業《じゅぎょう》で同じことをしたとき、クレーン先生が言っていた。

ビリーじいさんはコリンさんのことをよく知っていた。宿泊所《しゅくはくじょ》ではよくとなりにすわっていたそうだ。

ぼくが何か言うたびに、ビリーじいさんはすべてが大がかりなジョークだと思っているように笑った。ジョークじゃないのに。

「コリンさんには敵《てき》はいましたか？」

「どういうことかね?」

「コリンさんの知り合いで、コリンさんのことがきらいな人はいましたか?」

ビリーじいさんは笑うのをやめた。

「コリンは誰《だれ》かにおびえてた」ビリーじいさんは顔をしかめた。「だが、そいつが何者か、しゃべろうとしなかったのさ」

⑯ 見かけの奥《おく》にあるもの

ぼくは急いで家に帰って、スケッチブックを引っぱりだした。宿泊所《しゅくはくじょ》で見た全員の絵を描《か》いた。警備員《けいびいん》と、入り口の机《つくえ》の前にいたおばさんまで描いた。そういう人が、思いがけないことをしている場合もあるのだ。

ジーンさんはすでに何度も証拠《しょうこ》としてスケッチしていたから、今回は描かなかった。コリンさんを殺した真犯人《しんはんにん》が見つかるまでは、完全に無実な人はひとりもいない。

人の顔を描く方法はふたとおりある。ひとつは、写真のように本物そっくりに描くこと。そう描くと、みんなに天才だと思ってもらえる。もうひとつはさらにすごい方法で、ラウリーはそうやっていろんな顔を描いていた。自分の顔も。

それには誰かの顔をちゃんと見ないといけない。鼻の大きさや目の色じゃなくて、そういう見かけの奥にあるものを見るんだ。

たとえば、通りで男の人を見かけたとする。ぱっと見ただけでは、何も見えないかもしれない。ただのふつうの顔だ。でも、注意して見ると、口のまわりに深いしわがいっぱいあって、その人が長いあいだ悲しんでいたことがわかるかもしれない。はじめはふつうに見えた目も、よく見ると真っ赤で大きく見ひらかれていて、こっちを見ているのにぜんぜん見えていないことがわかる。その人は自分の世界のなかで迷子《まいご》になっているのだ。

またべつの日に、いじわるでいやな感じの人を見かけるかもしれない。ところが近づいてみると、その人がにっこり笑って、やさしさがあふれだす。そういうことは、あんまり多くはないけど。

ラウリーのやりかたで人の顔を描《か》くと、その人の人生をすべて描くことになる。外側がどう見えるかだけではなくて。

絵を描きおわると、そろそろ母さんが仕事から帰ってくる時間だった。ぼくは階段《かいだん》をおりようとしたけど、キッチンから話し声が聞こえてきた。だから部屋にもどって、窓《まど》から外をのぞいた。

家の前の通りに車が停まっていた。数分後、うちのキッチンからふたりの男が出ていって、車で走りさった。

ぼくが階段をおりていくと、トニーとライアンがドアのそばでビニール袋《ぶくろ》をいじくっていた。

「なんだおまえ！」ぼくを見たとたん、トニーの両手がびくっと動いた。「おい、いつからそこにいた？」

「今、二階からおりてきた」ぼくはこたえた。

「いいか、二度とおりてくるな！　おまえの母さんがいないときはな。ここはおまえの来る場所じゃない。わかったか？」

ぼくは返事をしなかった。階段をかけあがり、窓辺《まどべ》でちぢこまって、待った。

もう少し絵を描こうとしたけど、腕《うで》がこわばっていた。絵を描くときに大事なのは、腕や手の力をぬくこと。そうしないと、うまく描けない。

結局、鉛筆《えんぴつ》を行ったり来たりさせて陰影《いんえい》をつくる、シェーディングを少しやるだけにした。だんだん、ラウリーが描いた夜の海の絵みたいな暗い影《かげ》ができてきた。ようやく、ぼくは気分が落ちついた。

8：25pmに、母さんが通りを歩いてくるのが見えた。フィッシュ・アンド・チップスの店の袋《ふくろ》を持っている。ぼくはおなかがグーグー鳴っていて、晩《ばん》ごはんが待ちきれなかった。勝手口のドアがひらいてとじる音が聞こえるのを待ってから、一階にかけおりた。

母さんはトニーとライアンといっしょにキッチンにいた。三人でジャガイモのフライをとりわけている。

「キーラン、ただいま」母さんがトニーの肩《かた》ごしにいった。「だいじょうぶ?」ぼくはうなずいて、カウンターの上を見た。お皿が二枚《まい》しかおいていなかった。

「キーランにあげる分もちょっとある?」と母さんがきいた。

「ううん。ない」ライアンがこたえた。

「トースト、焼いてあげようか?」母さんがぼくに言った。

ぼくはトーストを三切れ食べた。

まだおなかがすいている。

母さんはトニーと二階にあがった。トニーがこんなに早く寝《ね》るなんて、よっぽどつかれてるのだ。

ぼくはさらにパンにバターをぬって、冷蔵庫《れいぞうこ》からハムをひと切れとりだした。庭に持っていって、物置の戸の下にあるすきまにおしこんだ。タイソンは大喜びした。

「いい子だね」ぼくは声をかけた。

本当は犬に人間の食べ物をあげてはいけない。ひどい病気になってしまうこともあるから。だから、犬が必要とするミネラルなんかが入っている専用《せんよう》のドッグフードを買わないといけないんだ。でも、人間の食べ物でも、何も食べないよりましだから、タイソンの場合はルールを変えてもいいのだ。

犬の腸《ちょう》は人間のとはちがう。犬の腸のほうがずっと短くて、肉をうまく消化できるようになっている。

犬の歯はするどくとがっていて、奥歯《おくば》も人間の歯のように平らではない。肉をかみきりやすいように、神さまがそうつくったんだ。人間はナイフとフォークを使えばすむ。うんとお上品な人たちは、ステーキを切るためだけの専用のナイフまで持っている。

ぼくは家のなかにもどって、居間《いま》のドアの外で立ちどまった。ライアンがゲームの電源《でんげん》を切って出ていくようにと何回も何回も念じたけど、ライアンは最近めったに出てこなくなった。

なぜかというと、Ｘｂｏｘ《エックスボックス》中毒になっているからだ。テレビ番組で見たことがある。人が中毒になるのは薬物やお酒だけだと思われているけど、そうじゃない。ほかのものにも中毒になる。たとえば、戦争ゲームとか。

番組では、アメリカ人の若者《わかもの》ふたりが、すわったまんま昼も夜もひたすらゲームをしていた。ライアンみたいに。寝るときまで、ゲーム椅子《いす》の上だった。おしっこしたいときは、ペットボトルを使って、ゲームをやめなくてもいいようにしていた。あんなにめちゃくちゃなこと、見たことがない。

今ごろ、犯罪《はんざい》やサスペンス専門のクライム・チャンネルで「ＣＳＩ《シーエスアイ》：科学捜査班《そうさはん》」の再《さい》放送《ほうそう》をしているはずだ。ひとつの回がおわると、つぎのがはじまる。どれももう長いこと、ぜんぜん見ていない。昔はおばあちゃんのテレビでいっしょに見ていた。すごく小さいテレビだったけど。

トニーのテレビは巨大《きょだい》で、部屋の一角が全部ふさがっている。ある日、トニーが友だちと運びこんだんだ。しかもお金をはらいもしなかった。トラックの荷台から落ちたのを拾ったんだと言って、大笑いしていた。テレビの四すみにスピーカーがついていて、誰《だれ》かが撃《う》たれるたびに、ものすごい爆音《ばくおん》が響《ひび》く。ぼくはテレビ番組を見たいのに、見せてもらえない。

キッチンでしばらく待っていても、母さんはおりてこなかった。

9：23pm、ぼくは自分の部屋にあがった。そして、絵を描《か》いた。ぼくとおばあちゃんが、女王さまのところにあるようなシャンデリアつきの大広間にすわっている。コーヒーテーブルにはおやつがいっぱいのっていて、フィッシュ・アンド・チップスまである。暖《だん》炉《ろ》のそばでは、タイソンがしきものの上に寝《ね》そべっている。めちゃめちゃおとなしくて、うしろ足ももうこわばっていない。

壁《かべ》には巨大なテレビがかかっていて、ぼくとおばあちゃんは「CSI《シーエスアイ》：科学捜査班《そうさはん》」シーズン10第5話を見ている。ぼくのそばにはリモコンまであった。最高の気分だった。

⑰ 思い出

モンキーパズルの木がある校庭のすみっこで、ぼくはスケッチブックを持ってすわり、ほかの人たちを見ていた。始業ベルが鳴る前に。

川岸でオレンジを投げつけてきた三人の先輩《せんぱい》が近づいてきた。赤毛の先輩は、ガレスという名前だ。あとのふたりの名前は知らない。

ガレスはぼくの足のそばにつばを吐《は》いた。くつにつかないように、ぼくは少しあとずさりした。

「なんでこの学校に来てんだよ？　ここはふつうの人が来るところだぜ」野球キャップをかぶった先輩が言った。「クリフトンにある特別《とくべつ》な学校に行かなくていいのかよ？」

「マジでさ」ガレスが言った。「特別なバスに乗って、ほかの頭の足りないやつらと通えばいいじゃん」

三人は笑った。

黒人の先輩《せんぱい》がこっちにむけて足を蹴《け》りあげたから、ぼくはさらにあとずさった。三人はぼくのパーソナル・スペースにものすごく近づいている。

「おまえ、結局どこがおかしいんだよ?」

「どこも」ぼくはスケッチをつづけた。

「どこも通るは銃《じゅう》のタマ」黒人の先輩が言った。

「あばらのあいだも通るはナイフ」ガレスが笑う。

三人はじりじりつめよってきた。

海の音がはじまりそうだ……まちがいなく。モンキーパズルの木の、高い枝《えだ》を見あげた。自分があの上にいるのを想像《そうぞう》した。この三人の手のとどかないところに。

そのとき、誰《だれ》かがガレスに話しかけてきて、三人はふりかえった。

ぼくは頭のなかで、スイッチをパチンと切りかえるところを想像して、べつのやりかたで考えるようにした。三人はぼくのことをきらっている。ぼくは三人に、何も悪いことをしていないのに。

それなら、この三人が好きなものは何だろう? 大事なものは何だろう?

ぼくの脳《のう》は、わけのわからないことばかり思いついていた。

ぼくは絵を描《か》きつづけた。すごいスピードで手が動いている。

しばらくすると、スケッチブックに砂利《じゃり》がふってきた。

「何描いてんだ、アホづら」

ガレスがスケッチブックをもぎとった。ぼくは心臓《しんぞう》が飛びだしそうになった。殺人事件《じけん》の証拠《しょうこ》が全部、そこに入っているのだ。三人がスケッチブックをだめにしたら、ぼくはふりだしにもどってしまい、コリンさんを殺した犯人《はんにん》は永久《えいきゅう》に見つからないかもしれない。

「返して」ぼくは言った。

「『返してください』だろ」野球キャップの先輩が笑って、頭の上でスケッチブックをふりまわした。

ページがばさばさいって、ちぎれそうになっている。大事な証拠がすべて、今にも校庭じゅうに散らばっていきそうだ。

「やぶいちゃえよ」黒人の先輩が笑った。

ガレスはもう片方《かたほう》の腕《うで》もあげて、両手でスケッチブックをつかんだ。

「待って！」ぼくは声をあげた。「最後まで描いてほしくない？　描きおわったら、あげるから」

ガレスは顔をしかめて、スケッチブックを顔の前に持っていった。ほかのふたりも首をのばしてのぞきこむ。

「なんのために描《か》いてんだよ、マヌケづら」野球キャップの先輩《せんぱい》が言った。「おもしろいのかよ」

黒人の先輩がヒューッと歓声《かんせい》をあげた。

「これって、ギャングスター・トリオじゃん！」

三人は自分たちのことをそう呼《よ》ぶのが好きなんだ。

「すげえな」ガレスが言った。「思ってたほどバカじゃねえじゃん」

ガレスはスケッチブックを返してよこした。

「明日までにしあげて、おれにくれ」

ベルが鳴り、三人はふんぞりかえって歩いていった。ガレスが一瞬《いっしゅん》ふりかえってさけんだ。

「おれの両側に巨乳《きょにゅう》の女の子をつけとけよな」

ぼくは自分の絵を見おろした。

ガレスとふたりの子分がそれぞれ腕《うで》を組み、タフで威圧的《いあってき》な感じで立っている。まわりにはやせっぽちの男の子たちがいて、三人をヒーローのようにあがめている。

ぼくはガレスの腕を実際《じっさい》の三倍くらい太く描《か》いて、タトゥーを入れて、首や手首にアクセサリーをじゃらじゃらつけた。

ぼくは三人が何よりもほしいものを描いたんだ。三人は学校のみんなに、すごいと思ってもらいたがっている。こわがってもらいたがっている。

その少し前のページには、川岸にいた三人の絵が描いてある。実際よりもやせていて、顔はじくじくしたにきびだらけだ。

その絵を見られなくてよかったと、ぼくはほっとして大きく息をついた。でも、描いたことは後悔《こうかい》していない。

「負け犬トリオ」声に出して言った。

あたりを見まわした。校庭に残っていたのはぼくだけだったから、もう一度、もう少し大きな声でくりかえした。三人はぼくのことをバカだと思っているけど、ぼくは勝ったのだ。

教室についても、ぼくはまだ笑っていた。

一時間目は自習時間だったから、クレーン先生はぼくにやりたいことを選ばせてくれた。ぼくは図書館のパソコンを使いたいと言った。図書館では、ディスプレイが薄《うす》い最新のパソコンがある窓際《まどぎわ》の席にすわることができた。最高だ。

クレーン先生が自分の仕事をしているあいだ、ぼくはマンスフィールドにある病院を調べて、アッシュフィールド地域《ちいき》病院の電話番号を見つけた。紙切れにその電話番号をメモして、ポケットにしまって、あとで自分のノートに書きうつすことにした。

グーグルアースは画期的《かっきてき》だ。通りの名前を打ちこむと、宇宙《うちゅう》にある専用《せんよう》のカメラがさがしてくれるんだ。地球のすべてが見える。

グーグルアースは宇宙から地球にさっとおりて、イギリスにたどりつく。さらにどんどんおりてきて、自分が見たい通りへぴったり行きつく。グーグルアースといっしょに、自分が宇宙から飛びおりている気分になるんだ。

ぼくは「マンスフィールド市オーカム通り」と入力して、画面がズームインするのをながめた。

カメラはしばらく宙に浮《う》いているけど、小さいオレンジ色の人間をクリックすると、実際《じっさい》の通りまでおりていける。その人間を通りに沿《そ》って行ったり来たりさせて、まわりのようすを見ることもできる。

ぼくは小さい人間を通りにおろしたとたんに、おばあちゃんの家を見つけた。覚えていたとおりだった。悲しい気持ちになった。家は前とそっくりなのに、そこにはもうおばあちゃんはいないのだ。

玄関《げんかん》のドアを見つめた。タクシーの運転手さんが、買い物の袋《ふくろ》をそこにおいてくれていたのを思いだす。ぼくとおばあちゃんはたくさんの袋をとりこむのに、何度も玄関とキッチンを行ったり来たりしないといけなかった。でも、ぜんぜんいやじゃなくて、すごく楽しかった。体のなかがぽかぽかとあたたかくなったんだ。まるで、ぼくとおばあちゃんがひとつのチームになったみたいだったから。

そのあとの最初の仕事は、おばあちゃんがやかんにお湯をわかすことだった。それからふたりで、ジェンツで買ったカシスクリームタルトを食べる。それも、ふつうの晩《ばん》ごはんの時間の前に。自分たちでルールを決めて、誰《だれ》にも文句《もんく》を言われずにすんだんだ。

おばあちゃんがあとかたづけをしているあいだ、ぼくはキッチンのテーブルの前にすわって、スケッチをした。美術《びじゅつ》というと、自然とか、えらい人とか、りっぱなものを思いうかべる人が多い。だけど、おばあちゃんのキッチンのテーブルにも美しさはあった。なぜなら、そこでぼくたちは笑ったり、しゃべったり、いろんな計画を立てたりしたから。

ラウリーはとくに何もしていない家族の絵を描《か》いていた。両親も子どもたちも、ただそこにつったっている。目に見えない特別《とくべつ》な絆《きずな》で結ばれて、生きている。よその人にはできないくらい、おたがいのことを理解《りかい》しあっていることが、顔を見ればわかる。

ラウリーの絵を見ると、そんなふうに感じる。ラウリーは見る人の心に小さな窓《まど》を描くんだ。

ぼくは、おばあちゃんといっしょにスカイダイビングや山登りをしている絵を描いた。

おばあちゃんは、どの絵でも自分がエプロンをつけていることが気に入っていた。もちろん実際《じっさい》には、エプロンをつけたままスカイダイビングはさせてもらえないけど。

顔をあげると、クレーン先生がぼくを見ていた。自分が考えていたことを見すかされている気がした。いやな感じだった。これはプライベートなことだから。

ぼくの考えを決めるのはぼくだ。トニーもライアンも学校の先輩《せんぱい》も、ぼくが頭のなかで思っていることに口出しなんかできない。

クレーン先生がほほえんだけど、ぼくはにこりともしなかった。

クレーン先生の目がさっとくもったから、悪かったと思った。それでうめあわせに、感じのいいことを言うことにした。

「ぼくの作業を手伝ってくれて、ありがとうございます」

すると、クレーン先生は歯を見せてにっこり笑い、目がまたきらきらっとかがやいた。

「どういたしまして、キーラン」

ぼくはパソコン画面に目をもどして、「フー・アー・ユー」と口ずさんだ。これは「C《シー》SI《エスアイ》：科学捜査班《そうさはん》」のテーマ曲で、ロックバンドのザ・フーの曲だ。ザ・フーのボーカルのロジャー・ダルトリーは最高だ。かなりのおじいさんだけど。

また顔をあげると、クレーン先生はまだこっちを見ていた。

⑬ 古きよき時代

学校がおわると、すぐ家に帰った。

キッチンのドアをあけたとたん、ライアンが飛びだしてきて、耳もとでものすごく大きなかんだかいさけび声をあげた。

ここまで大きな音を聞くと、かならず気持ち悪くなる。

ライアンは居間《いま》に行って腰《こし》をおろすと、小さなビニール袋《ぶくろ》につめたものを工具箱に入れていった。トニーはいないのに。

「紅茶《こうちゃ》を入れろよ、ヘンタイ」

ライアンがどなった。

ぼくはやかんを火にかけて、二階にあがった。

よごれた洗濯物《せんたくもの》がバスルームのかごからリノリウム張《ば》りの床《ゆか》にあふれていた。母さんはいつも仕事でいないし、トニーは絶対《ぜったい》に洗濯機をまわさない。

ぼくは学校の制服《せいふく》を脱《ぬ》いで、ジャージのズボンとT《ティー》シャツを着た。部屋が凍《こご》えそうに寒いから、セーターも着ないといけなかった。

一階にもどってから、ライアンに紅茶《こうちゃ》をいれた。

ライアンはひと口飲んだ。

「砂糖《さとう》が入ってないだろ、ウスノロ」そう言って、床《ゆか》につばを吐《は》いた。「そこにいるついでに、チーズサンドイッチももらおうか」

ぼくは紅茶をキッチンに持ちかえって、砂糖を入れた。それから泡《あわ》だらけのつばをちょっと吐《は》いて、いっしょに混《ま》ぜた。ライアンにしかえしする、すごくいい方法だ。

パンとバターとチーズをとりだした。紅茶といっしょに居間《いま》に持っていった。ライアンはお皿をもぎとって、サンドイッチに目をやった。

「なんだこれ。中身がパンにはさまってないじゃん、くそバカ（ピーッ！）」

ぼくはライアンのふきげんにつきあっているつもりはなかった。ほかにいい考えがあったんだ。

二階に走ってもどると、バックパックにスケッチブックと鉛筆《えんぴつ》を入れた。いやな日をいい日に変えるのはかんたんだ。自分が楽しめることを思いついて、それをやればいい。ほかの人に言われたことばかりするんじゃなくて。

とくに、そのほかの人がライアンだったりした場合は。

外は寒かったけど、雨はふっていなかったから、ぼくは出ていった。

勝手口をしめるとき、ライアンが何かさけんでいるのが聞こえた。家のわきのせまい通路を通りぬけると、ライアンが窓《まど》をどんどんたたいていた。ライアンを無視《むし》するのはかんたんだ。

十五分くらい歩いて、レースマーケットについた。

ヴィクトリア女王の時代、レースマーケットは世界のレース市場の中心地だった。学校の遠足で来たときに観光案内所でもらったパンフレットにくわしく書いてあった。

家からたった十五分で来られるのはすごいことだ。クラスのほかの人が誰《だれ》も来ようとしないなんて、どうかしている。

このあたりの建物はものすごく大きくて、赤レンガでできている。今はほとんどが高級マンションになっていて、ベルをおさないと入れない。昔はレースの取引場や工場や倉庫として使われていた。

ぼくは通りを二本くらいぶらぶら歩きながら、上を見あげたり、あたりを見まわしたりした。まわりに誰もいなくて、それがいい感じだった。

市では、このあたりを「クリエイティブ・クォーター」と呼《よ》ぶようになった。大きな美《び》術館《じゅつかん》もあるから、ぼくはおとなになったら、自分の絵を展示《てんじ》してもらうんだ。

このへんを歩いていると、今はヴィクトリア時代で、自分はイギリス紳士《しんし》なんだと、すぐに想像《そうぞう》できる。昔の金属製《きんぞくせい》の柵《さく》やガス灯《とう》など、今の建築《けんちく》にはないものが残っている。世界じゅうからここに人がやってきて、ノッティンガムのレースを買っていた。今は、ここはぼくのものなんだ。

マンションの一角にある低い塀《へい》に腰《こし》かけた。通りとその先の高い建物を見はらすのに、うってつけの場所だった。

スケッチブックの新しいページを出して、鉛筆《えんぴつ》を選んだ。

サルフォードに住んでいたラウリーは、そこでいつも腰をおろして絵を描《か》いていた。ぼくと同じように。ラウリーは昼休みに、人や建物を紙切れにスケッチした。ときには、そのスケッチを、通りかかった人にあげたりもした。

ぼくは自分のスケッチをあげるつもりはない。このへんの人は、誰《だれ》もほしがらないだろうから。

ラウリーが倉庫や工場だった大きな建物を見たときにどんなふうに感じたのか、ぼくにはわかる。自分が小さく感じられて、ちょっとこわくなる。それでもなぜか、そういうものが好きでほこらしい気持ちにもなる。

「工業地域《ちいき》ね」とクレーン先生は言う。

ぼくはスケッチをはじめた。

煙《けむり》を吐《は》きだす煙突《えんとつ》を描き、マンションをすべて倉庫にもどして、なかを世界一のレースでいっぱいにした。工業的な建物とならぶ人間はとても小さく描いた。現代《げんだい》の世界をしめだして、ヴィクトリア時代にさかのぼった。

ラウリーが工場の絵ばかり描いたのは、みんなが田舎《いなか》に住んでピクニックに出かけるわけじゃないからだ。町で暮《く》らしていると、青みがかった灰色《はいいろ》の空を背景《はいけい》にした暗い建物の輪郭《りんかく》が好きになる。そこには、べつの美しさがあるから。そういう絵を、ラウリーは「工業的風景」と呼《よ》んだ。

ぼくは現実と想像《そうぞう》を混《ま》ぜあわせた。ラウリーがしたように。ぼくはぼくだけの現実を描いたんだ。

「なかなかいいね」おじいさんが立ちどまって、ぼくのスケッチを見た。おじいさんの犬は、ぼくのバックパックのにおいをかいでいる。「だけど、ここにすわっちゃいけないことになってるんだよ」

おじいさんはぼくの横にあった掲示《けいじ》を指さした。

お願い——この塀《へい》の上にすわったり立ったりしないでください。

スケッチはしあがっていたから、ぼくは持ち物をつかんで立ちあがった。

「このへんの建物はあなたが生まれる前からここにあったし、あなたが葬《ほうむ》られたあともここに立っています」ぼくは言った。

おじいさんは口をひらいて、またとじた。

年とった人は、相手に何を言ってもいいと思っている。それなのに、自分を守るために年とった人に言いかえすと、失礼だということになってしまう。

ときどき、ルールってひどいと思う。

ぼくは長い帰り道を歩きはじめた。

⑲ スカイ郵便《ゆうびん》

ぼくはちょっとぐずぐずしながら学校に行った。

教室に入ると、すでにクレーン先生が椅子《いす》にすわっていて、ドアのほうをふりかえって、ぼくをさがしていた。顔がきらきらかがやいていて、まるでバレンタインの日にボーイフレンドにプロポーズされたときみたいだった。女の人はそういうことが好きだ。

クレーン先生は、あいているとなりの椅子をぽんと軽くたたいた。

「おはよう、キーラン。びっくりするものがあるのよ」

ぼくの目の前に、白い封筒《ふうとう》をさしだした。ぼくのフルネームと学校の住所が書いてある。左上には赤白黒のスカイ・ニュースのロゴマークがついている。

思わずまじまじと見つめてしまった。これは正式なスカイ・ニュースの封筒だ。お店では売っていなくて、いくらお金があっても買えないものなのだ。

クレーン先生は封筒のてっぺんを、レター・オープナーできちんとていねいに切ってあけた。

手紙はぼく宛《あ》てだから、ぼくが封筒《ふうとう》からとりだして真っ先に読むことができた。自分宛ての手紙は、ほかの人があけてはいけないのだ。プライベートなことだから、それぞれの人が自分ですることになっている。

トニーはいつも母さんの手紙をあける。母さんが仕事から帰ってくるまで待ちもしない。ぼくは手紙をひらいた。いちばん上にスカイ・ニュースの大きなロゴがついている。指でなぞると、でっぱっていて、ただの印刷《いんさつ》ではない感じだ。

「エンボス加工《かこう》よ」とクレーン先生が言った。

ぼくは自分ひとりで手紙を読んだ。まず最初は。あまりにもすばらしい手紙だったから、吸入器《きゅうにゅうき》を一回使わないといけなかった。

そのあと、クレーン先生にたのまれて、クラスのみんなの前で読んだ。

拝啓《はいけい》
キーラン様

お手紙をどうもありがとう。

きみの家の近所でおこった痛《いた》ましい出来事を知り、たいへん悲しく思います。なっとくのいく結果が得られるよう、警察《けいさつ》があらゆる努力をはらうものと信じています。

残念ながら、スカイ・ニュースのわたしのチームは予定がびっしりつまっているので、そちらを訪問《ほうもん》することはできません。

きみが関心を持ってくれたことをうれしく思います。ひきつづき学校で勉強をがんばって、わたしたちとスカイで働く夢《ゆめ》をかなえてください。

事件《じけん》チームで撮《と》った写真にサインして同封します。

敬具《けいぐ》
スカイ・ニュース事件記者
マーティン・ブラント

読みおわると、クラスの全員がはくしゅした。

ぼくはマーティン・ブラントが送ってくれた写真を見た。スカイ・ニュースのスタジオで撮ったもので、テレビに映《うつ》っているのと同じ場所だ。

マーティン・ブラントは事件《じけん》チームの中央に立って腕《うで》を組んでいる。ふざけている場合なんかじゃない、という顔をしている。

マーティン・ブラントのサインは本物だった。文字が写真の裏《うら》に写っているところまで見える。ぼくが指をおいている場所を、マーティン・ブラントがさわっていたんだと思うと、すごく不思議だった。

「キーラン、その写真を額《がく》に入れましょうか?」クレーン先生が言った。「そうすれば、自分の部屋にかけておけるでしょ?」

「写真は秘密《ひみつ》の『年刊《ねんかん》ビーノ』にかくすつもりです。ライアンにとられないように」ぼくはこたえた。

それから国語の時間になったから、ぼくは手紙と写真をしまわなくてはならなかった。

今、国語で読んでいる本は『蠅《はえ》の王』で、ウィリアム・ゴールディングという、もう死んでいる男の人が書いたものだ。本では、少年たちが飛行機事故《じこ》にあって、無人島にとりのこされてしまう。まわりじゅう何キロも海にかこまれて、町や店もなく、人もいない。

「絶海《ぜっかい》の孤島《ことう》ね」クレーン先生が言った。

この島でいちばんいいのは、おとながいないことだ。ひとりもいない。少年たちは自分たちだけで何もかもやらないといけない。食べ物もさがさないといけないんだ。

いいなと思ったけど、ぼくは本に出てくるみたいに、ブタを殺したくはない。

おなかがおかしくなって、給食が食べられなかった。

メニューはチーズパイとマッシュポテトで、あんまり組み合わせがよくない。ぼくの頭は、食べ物の組み合わせにきびしいのだ。たとえば、ブラウンソースはソーセージとベーコンにしか合わない。ほかの食べ物にはトマトソースをかけないとだめだ。食べ物の組み合わせが悪いと、ぼくは食べられない。

マッシュポテトが出てくるのは、有名なシェフ、ジェイミー・オリヴァーのせいだ。フライドポテトなどのおいしいものを全部、給食に出せなくしたんだ。お弁当《べんとう》を持ってくる人も、チョコレートやポテトチップスを入れてはいけなくなった。ジェイミー・オリヴァーの食育活動のせいで。

生徒たちがおとなになったら、誰《だれ》もジェイミー・オリヴァーの料理本を買わないと思う。いい気味だ。

給食のあと、図書館に行ったけど、パソコンがあいていなかったから、追いかえされた。ぼくはサッカー場のすみで透明人間《とうめいにんげん》になることにした。

「ハリー・ポッター」には、魔法《まほう》動物の毛でできた透明マントが出てくる。それをはおっている自分を想像《そうぞう》していたら、ちょっとのあいだ、本当に透明になれた気がした。誰もこっちを見もしなかったから。

「足首のタトゥー、いいね」

ぼくの知らない先輩《せんぱい》の男の子がそう言うのが聞こえた。ミニスカートをはいた女の子に腕《うで》をまわしている。

「おれが知らないところにも入れてない？」

女の子はくすくす笑った。ふたりはサッカー場の外側を歩きつづけていく。男の子が女の子のおしりに手をおいたのに、女の子はふりはらいもしなかった。

ライアンはミニスカートをはくきれいな女の子のことをこう言う、「男好き」。そういう女の子たちは絶対《ぜったい》に自分とつきあってくれないからだ。

ぼくは足首が見えないように、ズボンのすそを下に引っぱったけど、きつくなっていて動かなかった。

サッカー場の反対側を歩いていって、給食のおばさんがふたりでしゃべっているそばまで行った。マーティン・ブラントからもらった手紙と写真が見られたらよかったけど、学校がおわるまでクレーン先生があずかってくれている。

放課後になったとたん、ぼくは手紙と写真をかばんにしまって、学校から走り出た。ガレスと仲間がいつも公園の入り口にたむろしてタバコを吸《す》っているから、ぼくはべつの道を通った。時間が倍かかるけど。

そのまま電話ボックスまで行って、病院の電話番号にかけた。機械が応答《おうとう》した。本物の女の人に似《に》せた声だけど、息つぎの間がないし、こっちが話をしても、そのまましゃべりつづける。病院のなかのいろんな場所ごとに番号があって、選ばないといけなかった。何回も数字のボタンをおしているうちに、本物の女の人が出た。

「おばあちゃんをさがしているんです」ぼくは言った。「名前はグラディス・クレメンツで、前に住んでいた場所はマンスフィールド市オーカム通りです」

女の人はべつの人に電話をつないでくれて、ぼくはもう一度同じことを言わされた。

「生年月日はわかりますか？」

「わかりません。おばあちゃんは前はうちに遊びにきてたけど、トニーがもう来るなと言ったんです。それで今おばあちゃんの家に住んでいる男の人が、おばあちゃんが入院してると言いました」

口から飛びだした言葉はめちゃくちゃだった。

「よかったら、おとなの人に手伝ってもらって、かけなおしてください。もう少しくわしいことがわからないと、おこたえできませんので」と病院の人が言った。

川岸まで行くと、ジーンさんがいつものベンチにすわっていた。

「よお、いかしたズボンだね、相棒《あいぼう》」

ジーンさんはアメリカ人なまりで言った。

いつもなら、ジーンさんがおかしななまりでしゃべると、ぼくは笑ってしまうのに、今日は笑えなかった。

「どれ、ジーンおばちゃんに話してごらん。何があったの、アヒルちゃん？」

ジーンさんは自分の毛布《もうふ》を少し、ぼくの足にかけた。ノミが飛びうつってくる危険《きけん》があったけど、ぼくは毛布をどけなかった。

ぼくは、おばあちゃんがトニーに「あんたは乱暴《らんぼう》なくさいブタだよ、さっさと去勢《きょせい》すべきだね」と言ったあと、トニーがおばあちゃんを家から追いだして出入り禁止《きんし》にしたことを話した。ジーンさんは笑って、「あんたのおばあちゃんとは、うまが合いそうだよ」と言った。

おばあちゃんが自分の家に住んでいない話をすると、ジーンさんはまじめな顔にもどった。おばあちゃんが行方不明なのに、心配しているのは家族じゅうでぼくだけなんだ。

「病院ではおばあちゃんの生年月日がいるんです」ぼくは言った。「でも、母さんは何も教えてくれないんです。トニーが怒《おこ》るといけないから」

「おばあちゃんのお誕生日《たんじょうび》に、ちょっとしたパーティーをひらいたことはないのかい？」

ジーンさんがきいた。

考えないといけなかった。ぼくの目が左のほうに動いた。実際《じっさい》にあったことを思いだすときの動きだ。もしジーンさんがボディーランゲージを知っているなら、ぼくが嘘《うそ》をついていないとわかるはずだ。

あるとき、おばあちゃんが小さなケーキにろうそくを立てたら、ろうが下のクリームにとけおちて、その部分が食べられなくなったのを思いだした。

「あります」ぼくはこたえた。「ハッピーバースデーを歌ってあげました」

「そのとき、外は寒かったかい？　暑かったかい？」ジーンさんがつづけた。

「寒かったです。一度なんて、雪がふったから、バースデー雪だるまをつくりました」

「楽しそうだね。じゃあ、おばあちゃんのお誕生日のころ、クリスマスのかざりつけはしてあったかい？」

ぼくは首を横にふった。

「花火は？」

それで、思いだした。

「おばあちゃんは小さいころ、自分のお祝《いわ》いで花火があがってるって、お母さんに言われたけど、本当はそうじゃなくて、十一月五日のガイ・フォークスの日だったからなんです」

「おやまあ、あたしたちは名探偵《めいたんてい》だね！」

ジーンさんは、やれるだけやってみるから、まかせてほしいと言った。

ぼくは、マーティン・ブラントからもらった手紙と写真の話をした。ジーンさんは、そりゃすてきだね、と言った。

手紙と写真はかばんから出さなかった。ジーンさんのノミがつくといけないからだ。

川は荒《あ》れていて、足もとでは葉っぱがくるくる飛びまわっていた。ジーンさんの毛布《もうふ》をかけていてもあたたかくなかった。カモやガンは、アシのあいだの小さなねぐらに帰っている。

川岸にはもう、コリンさんの花は残っていない。コリンさんが誰《だれ》かにおびえていたとビリーじいさんが言ったことは、ジーンさんには黙《だま》っていた。

優秀《ゆうしゅう》な刑事《けいじ》になるためには、捜査《そうさ》で事実を確《たし》かめるあいだ、情報《じょうほう》の一部を秘密《ひみつ》にしておかないといけないのだ。ただ、ぼくは、つぎにどうすればいいのかわからなかった。

そういうときは、新しい手がかりが見つかるまで、これまでわかったすべてのことについて考えつづけるしかない。もしこれがテレビドラマなら、つまらない部分を全部カットして、おもしろくできる。でも、コリンさんの殺人は現実《げんじつ》におこったから、つまらない部分も全部そのまま残ってしまうのだ。

やがて、ジーンさんは宿泊所《しゅくはくじょ》に出かけていき、ぼくは家にむかって歩きはじめた。

遠まわりして、スパーショップの前を通った。窓《まど》の外にしばらく立って、母さんが仕事するのを見ていた。母さんは上手にやっていて、ほかの人にきかなくてもだいじょうぶだった。自分でどんどん進めていた。

ぼくは、ガラスがなかったら、と想像《そうぞう》した。そうしたら、母さんのすぐそばにいられて、香水《こうすい》のにおいまでかげる。母さんのにおいは、たとえ髪《かみ》の毛《け》を洗《あら》っていないときでも好きだ。かいでいると、安心できて眠《ねむ》くなる。

母さんの顔のあざは紫《むらさき》やピンクになってきていた。茶色いものをぬりたくっているけど、うまくかくせない。ぼくは胸《むね》が痛《いた》くなったから、見るのをやめた。

母さんに手紙と写真を見せられたらいいのに。

「あとでね、母さん」ぼくは声に出して、楽しく聞こえるように言った。母さんが家に入ったとたんに、トニーにとられてしまうことなんかないふりをして。

㉑ 救助

家の外に、みんなが立っていた。

男の人が三人、黒い制服《せいふく》を着て、白いワゴン車で来ていた。トニーは家のわきを通るせまい通路の出口に立っていた。バインダーを持った男の人にむかって、指をつきつけてどなっている。

べつの男の人が携帯《けいたい》電話で話をしている。

ぼくは少し近づいたけど、トニーに見つかったら部屋に入らされるから、あんまりそばによらないようにした。

近所の人たちが何人か、それぞれの家の玄関《げんかん》から出てきて、こっちを見ている。

「何を見てるんだ?」トニーがどなった。

こんなに怒《おこ》っているトニーははじめて見た。母さんが、トニーに断《ことわ》らないで職場《しょくば》の人たちとクリスマスの夜に出かけたときよりも、もっと怒っている。

となりのカートライトさんは家のなかにもどったけど、ほかの人たちはそのまま立っていた。

スパーショップにかけもどって、母さんに話さなくちゃ、という気持ちも少しはあった。でも、そうしなかったのは、こういう理由からだ。

（a）おもしろそうだから、見のがしたくなかった。
（b）トニーが、しかられることになりそうだった。

男の人たちは通路を通って家の裏《うら》に行こうとしたけど、トニーが道をふさいだ。トニーのうしろに、ライアンの頭が見えた。ライアンはさけびつづけていた。

「帰れよ！　つれていかせないからな」

パトカーがさっと角《かど》を曲がってきた。青いライトが光っていたけど、サイレンは鳴らしていない。

警察官《けいさつかん》が三人出てきた。ひとりがトニーの前まで行って、何かを言った。あとのふたりは、黒い服の男の人たちと話している。ふざけている場合なんかじゃない、という顔をしている。

ぼくは何歩か前に出た。

「どいつが通報《つうほう》しやがったんだ、くそ（ピーッ！）。おれに面とむかって言えない、臆病《おくびょう》者《もの》めが」トニーがどなったから、見ている人みんなに聞こえた。

「あなたにとってつらい方法と、楽な方法と、どっちでやってもいいんですよ」と、警察《けいさつ》官《かん》が言った。言いかたはていねいだけど、トニーのことをだめ人間だと思っているのがはっきりわかった。「どっちにしても、あなたの敷地《しきち》に立ち入る必要があります」

男の人のひとりがワゴン車のうしろをあけて、ケージをとりだした。巨大《きょだい》なケージだった。トニーとライアンを入れてほしい、と思った。

トニーとライアンは通路の片側《かたがわ》によって、黒服の人たちと警察官ひとりを通した。ぼくはよく見えるように、通りをわたった。黒服の人と警察官は横木戸から庭に入った。

トニーは窓《まど》の下のレンガの壁《かべ》を蹴《け》っていた。完全に頭に血がのぼっている。ライアンはケージを見てつったっている。一度、ぼくのほうを見て、何回かまばたきしたけど、何も言わなかった。

ぼくは今見たことをすべて、脳《のう》の鍵《かぎ》のかかっていない場所にしまいこんで、あとでスケッチブックに描《か》くことにした。

パトカーはぴかぴかの新品だった。窓ごしに、無線機と液晶《えきしょう》ディスプレイが見えた。

データを送受信できるノートパソコンまであった。

男の人たちが何人か、通路をもどってきた。ひとりがトニーをにくむような目で見て、首を横にふった。

「よけいなことしやがって」トニーが言った。「関係ないだろうが」

近所の人がさらに外に出てきた。小さなグループでかたまって話している。スリッパの人たちもいた。おばさんのひとりは髪《かみ》の毛《け》にカーラーを巻《ま》いて、ガウンを着ていた。

警察官たちと黒服の人たちは、通路の出口で最後の男の人を待った。その人はとてもゆっくり歩いてきた。通りに出たとたん、誰《だれ》もがはっと息をのんだ。

タイソンがこんなにやせていたなんて、気がつかなかった。あばら骨《ほね》が浮《う》きでている。ハムサンドイッチをあげたのに。

タイソンはとても悲しそうだった。うなだれていた。ものすごくゆっくりとしか歩けなくて、足がよぼよぼふるえっぱなしだった。信用していなくてごめんなさい、と思った。

タイソンはぜんぜん危険《きけん》に見えない。

おばさんのひとりが、「このくそ残酷野郎《ざんこくやろう》（ピーッ！）」とものすごい大声でどなった。トニーに聞こえてもかまわないようだった。警察官も黒い服の人たちも、おばさんの言うとおりだという顔をしていた。

近くからだと、男の人たちが「RSPCA《アールエスピーシーエー》」というバッジをつけているのが見える。RSPCAは王立動物虐待防止協会《ぎゃくたいぼうし》のことで、動物を守る警察《けいさつ》のような団体《だんたい》だ。飼《か》い主《ぬし》が犬や猫《ねこ》、はたまたヘビなどに残酷《ざんこく》なことをしていないか見まもる仕事をしている。RSPCAに毎月お金をあげて、タイソンのような動物を守る仕事がつづけられるように助けることもできる。そういうのを「寄付《きふ》」という。ぼくはエース記者として活躍《かつやく》できるようになったら、寄付をするつもりだ。

男の人たちがケージのとびらをあけると、タイソンは歩いて入っていった。何の問題もなかった。男の人がボタンをおすと、ケージはエレベーターみたいなものでワゴン車の床《ゆか》の高さまで持ちあがった。

タイソンは男の人たちにうなりも吠《ほ》えもしなかった。ただ悲しそうな目でトニーを見ただけだった。離《はな》れたくないと思っているみたいに。

三人の警察官《けいさつかん》がトニーの前まで歩いていった。ひとりがこう言った。

「トニー・ジェイコブズ。動物に残虐な行為《こうい》をおこなったかどにより逮捕《たいほ》する」

トニーがどなりだした。

「あんたらに関係ないだろうが。おれの犬だ」

「そうだよ、おれたちの犬だ」ライアンがさけんだ。「じゃまするな」

トニーは供述《きょうじゅつ》をするために、パトカーでつれていかれた。通りにいた何人かが、家のなかにもどる前にはくしゅした。ライアンはその人たちにむかって、つばを吐《は》いた。

㉑ 転校生

ぼくは十分間待ってから家に入った。

キッチンのドアをほんの少しあけると、ライアンのゲームの音ががんがん鳴っていた。それから、音が止まった。

「おれ、好きだったんだよな」ライアンが言った。「タイソンのことさ」

ぼくは居間《いま》のドアの外に立っていた。ちょっとだけあいていたけど、なかには入らなかった。ライアンはゲーム用の椅子《いす》にすわって、自分の両手を見つめている。

「あの犬、おれのこと、すげえ好きだったんだ。よく川岸に散歩につれてってやってた。性格《せいかく》悪くなって、おれのことかみつくまではさ」ライアンがつづける。「なんでこうなったんだろ。おれのせいじゃない」

話しているとちゅうで、言葉がとぎれた。かわいたビスケットが割《わ》れたみたいに。

「タイソンはもうだいじょうぶだよ」と、ぼくは言った。

「これ見てみろよ」ライアンがまた口をひらいた。

ぼくはドアをあけて、居間に入った。あたたかくて居心地《いごこち》がいい。ここにときどきすわって、母さんとテレビを見られたらいいのに。

ライアンはゲームを再開《さいかい》させ、ひざにのせたコントローラーを連打《れんだ》しだした。テレビ画面にライアンの銃《じゅう》から見た景色《けしき》が映《うつ》っている。ゲームでは、ライアンは大きくてタフな兵士で、ひどいことがたくさんできた。

見ていると、部屋が銃声でいっぱいになった。たちまち、内臓《ないぞう》や脳《のう》みそが画面じゅうに飛びちった。

「うまいもんだろ？」ライアンはにやにやしながら、コントローラーをめちゃくちゃに打ちつづけた。「もう二階に行けよ。父さんが帰ってくるから」

ぼくはライアンの横のテーブルにおいてあった缶《かん》から、ビスケットを二枚《まい》とってから、そっと二階にあがった。

自分の部屋に入ると、まず、RSPCA《アールエスピーシーエー》がタイソンを助けだしたところを絵に描《か》いた。RSPCAは見事だったけど、ぼくはやっぱり警察《けいさつ》のほうが好きだ。RSPCAは警察がいないと何もできないから、本当のリーダーとはいえないんだ。

タイソンはマッチ棒《ぼう》のような足をした犬とはちがっていた。ラウリーが描いた小さくてやせこけた犬は、何の種類かもわからない。

「雑種犬《ざっしゅけん》ね」とクレーン先生は言う。

タイソンはラウリーの犬みたいに人なつこいけど、体がすごく大きくて、遠くからでもロットワイラーだとすぐわかる。

ぼくは実際《じっさい》におこったことを全部絵に描《か》いた。それから、タイソンのかわりにトニーがケージにとじこめられている絵を描いた。床《ゆか》にうずくまって、おびえた顔をしている。トニーには食べ物も水もない。ぼくとRSPCA《アールエスピーシーエー》の人たちが、ケージのすきまからとんがった棒《ぼう》をさしこんで、トニーをつっついている。

絵のなかのタイソンは以前みたいに大きくて力があって、人間のようにうしろ足で立っていて、ケージのとびらにつけた大きな南京錠《なんきんじょう》の鍵《かぎ》をまわしている。しかえしをしているんだ。ぼくはタイソンを人なつこくしないで、獰猛《どうもう》に描いた。

そのあと、グーグー鳴るおなかを落ちつかせるためにビスケットを食べてから、病院に電話したときのことをノートに書いた。

そしてスカイ・ニュースからとどいた手紙と写真をかばんから出して、『年刊《ねんかん》ビーノ』の表紙の内側にしまった。しわにならないように気をつけた。

ぼくは、マーティン・ブラントがラウル・モートみたいな凶悪《きょうあく》な殺人犯《さつじんはん》をつかまえる絵を上手に描いて、送ってあげることに決めた。

8：16pmに、外で車が停まる音がした。ぼくは部屋の電気を消して、窓《まど》から外をのぞいた。トニーが車からおりてきた。その車が走りさる前に、トニーは屋根をドンドンと二回たたいた。ふつう、そうするのは、「またあとで」という意味なんだ。

ぼくは電気を消したまま、毛布《もうふ》の下にもぐりこんだ。服を着たまま寝《ね》るのは、そのほうが夜のあいだあたたかいからだ。勝手口のドアがひらいて、バタンととじる音が聞こえた。ぼくは気持ち悪くなってきて、体がふるえてきた。警察《けいさつ》がトニーを刑務所《けいむしょ》に入れてくれたらよかったのに。

ぼくは待った。

タイソンがつれていかれたのは、ぼくのせいだという気がした。ぼくがハムサンドイッチをあげていたのを知ったら、トニーは怒《おこ》るだろう。でもタイソンはおなかをすかせていたんだから、サンドイッチを食べたかったと思う。

しばらくすると、また勝手口のドアがひらく音がして、母さんの声が聞こえた。母さんの顔を見におりていきたかったけど、ぼくは体がゼリーみたいにふるえていたし、トニーはきげんが悪かったから、そういうときは毛布にかくれているほうがいいんだ。

「いったい何にかかわってるの？　あんたに会いにくる人はみんな、何をほしがってるわけ？」母さんのさけび声が聞こえる。

ティッシュをちぎってまるめて耳につめていたのに、さけび声はしっかり聞こえてしまう。母さんがこれ以上あざだらけになりませんように、と声に出して祈《いの》った。タイソンが元気になって、新しい家で幸せに暮《く》らせますように、と祈った。


つぎの日学校につくと、クレーン先生に、タイソンがつれていかれた話をした。

クレーン先生は自分が飼《か》っている二匹《ひき》の犬の写真をとりだした。黒と白のすごくかわいいスタッフィー（スタッフォードシャー・ブルテリア）だ。どっちも大きくて力がある。一匹《ぴき》が男の子で、もう一匹が女の子。クレーン先生は、女の子のほうがボスなんだと言った。体は小さいのに。

クレーン先生は、ぼくに見せおわったあとも、じっと写真を見つめていた。そして、これまで見たことのない顔をして言った。

「この子たちを傷《きず》つける人がいたら、ただじゃおかないわ」

おなかのなかが、ぐらっとゆれた。人がいつもとちがうことを言ったりやったりするのは、好きじゃない。

クレーン先生は顔をあげた。

「キーラン、ごめんなさい。そんなことを言うべきじゃなかったわね」写真をバッグにもどした。「ただね、何も悪いことをしていない動物に、どうしてそんなに残酷《ざんこく》になれる人がいるのかと思うと、どうしようもなく腹《はら》がたつの」

先生がいつもの先生にもどると、ぼくの気分もおさまった。

「トニーは誰《だれ》かがＲＳＰＣＡ《アールエスピーシーエー》に通報《つうほう》したと言ってました。でも、誰だかわからないみたいです」

クレーン先生はちょっとだけつくり笑いをしてから、窓《まど》の外を見た。何も言わなかった。

ぼくはタイソンのことが心配だったけど、クレーン先生はＲＳＰＣＡが新しい家をさがしてくれると言った。先生の話では、虐待《ぎゃくたい》された動物の世話をして、元気にしてくれる人たちがいるそうだ。それで、動物たちは残酷《ざんこく》な目にあう前のように、幸せに暮らせるのだ。

ぼくは親切な人がうちに来て、トニーに傷つけられた母さんをつれていって元気にしてくれればいいのに、と思った。母さんのにこにこ笑った幸せな顔をまた見たいし、働いてばかりではなくなってほしい。そうすれば、昔みたいに、いっしょに川岸を歩いて、もようのついた長ぐつで葉っぱを蹴《け》ったりできるんだ。

「どうしたの？」クレーン先生が言った。「気分がよくないみたいね」

「なんでもないです」

「家のこと、話してくれてもかまわないわよ」

「いいえ。いつもと変わらないですから」

教室に、新しい生徒がいた。ウガンダという国から来た男の子だ。これまで見たなかで、いちばん黒い肌《はだ》をしている。クレーン先生は、ウガンダはとても暑いから、そこに住む人は肌の色がなるべく濃《こ》くないと火傷《やけど》してしまうのだと言った。

むこうでは、ぼくの白い肌はあっというまに焼けてちりちりになるけど、カーワナの肌はどっちの国でもだいじょうぶなんだ。

クラス全員でカーワナをかんげいして、できるだけ助けてあげましょう、とぼくたちは言われた。「いいですね?」「はい」と全員こたえたのに、休み時間や給食の時間にカーワナにいじわるをする人がいた。初日から。

カールトン・ブレークは「国に帰れよ、カワバンガ」と言った。

人のことは正しい名前で呼《よ》ばなくてはいけない。メドウズ中等学校に入学した人が全員守らないといけない校則のひとつだ。

でもここにいるほとんどの人は、校則《こうそく》なんかおかまいなしだ。

22 グリーンバナナのマッシュ

昼休みに、カーワナはひとりぼっちで立っていた。校庭のまんなかで、彫像《ちょうぞう》のようにじっとしている。

誰《だれ》かがボールを蹴《け》ってカーワナの頭にあてた。カーワナはすみのほうにかくれることも知らなかった。

「ぼくといっしょに、あっちに行く?」ぼくは指さして言った。

カーワナは何も言わなかったけど、校庭の奥《おく》までぼくについてきた。

「友だちになってくれてありがとう」

ふたりとも立ちどまったとき、カーワナが言った。

英語《えいご》をしゃべったから、びっくりした。ぼくはウガンダ語なんかひとこともしゃべれない。

「スワヒリ語ね」とクレーン先生は言った。

カーワナは自分の名前の発音のしかたを教えてくれた。「カワバンガ」と呼《よ》ばれるのはいやなんだと思った。

「ぼくの名前は『戦いの時に生まれた』という意味なんだ。きみの名前はどういう意味、キアロン？」

ぼくの名前には意味なんかない。意味があればよかったのに。「戦いの時に生まれた」なんてかっこいい。カーワナがぼくの名前を呼ぶ言いかたも気に入った。発音がまちがって聞こえても。

クラスの女の子がふたりやってきて、カーワナの顔にさわった。カーワナがにこっと笑うと、歯が真っ白だった。女の子たちはくすくす笑って走っていった。女の子って、ときどきすごくバカになる。

学校のみんなは、転校生が来るとかならずいやがる。例外は、その転校生がすごくタフで、不良グループに入っている場合だ。そうすると、こわいからなかよくしようとする。カーワナのような、外国から来た転校生のことはきらうんだ。

みんなは、自分が住んでいる場所は自分のものだと思っている。トレント川はぼくの川だけど、カーワナがながめたって、ぼくは気にしない。もしも市が、川岸は市のものだから、ぼくもジーンさんももう川岸にすわってはいけない、と決めたらどうだろう？

ぼくはめちゃくちゃむかつくと思う。なぜなら、自然は誰《だれ》のものでもないから。みんなで楽しむものだから。去年なんて、クラスの人がふたり、休みの間にスペインまで行ってきた。それはふたりとも両親が働いていて、新興住宅地《しんこうじゅうたくち》に住んでいて、やっかいごとなんかないからだ。

行きたいと思ったら、世界じゅうどこにだって行ける。仕事を持っていさえすれば。

「ぼくはエース記者になったら、ロサンゼルスに行くんだ」

ぼくはカーワナに言った。

「『CSI《シーエスアイ》：科学捜査班《そうさはん》』、見てる？」

カーワナは首を横にふって、ぴかぴかの笑《え》みを浮《う》かべた。

それは、カーワナと二回目に給食でいっしょにすわったときのことだった。ぼくは食堂の入り口で「給食ババア」に食券《しょっけん》をわたすやりかたを教えてあげた。給食のおばさんのなかにはやさしい人もいるけど、たいていは、こっちがふざけていると思いこむと、がみがみしかる。たとえ転校してきたばかりで、とまどっているだけでも。

カーワナはぼく以上に、食べ物の組み合わせにうるさかった。その日の給食で食べたいものが何もなかったのだ。

「好きな食べ物は何？」ぼくはきいた。

「マトケ。グリーンバナナをつぶしたマッシュだ。とてもおいしいよ」

ものすごく、まずそうだ。

「ソーセージとマッシュポテトは好き？　組み合わせがいいんだ」

カーワナはソーセージとマッシュポテトを知らなかった。見せてあげたら、顔をしかめていた。

結局、カーワナはチキンを少しとったけど、ウガリもあればいいのに、と言った。ウガリはトウモロコシの粉《こな》でつくったおかゆのようなものだと、説明してくれた。

ぼくは自分がウガンダの学校に通わないといけなくて、給食ではグリーンバナナのマッシュとおかゆみたいなウガリしかなくて、食べたいものが何もなかったらどんなだろうと考えてみた。そんなのめちゃくちゃだ。


学校がおわると、そのまま川岸に行った。

ジーンさんがベンチにすわって、毛布《もうふ》をかけていた。あいさつはしてくれたけど、目は下をむいたままだった。

「どうしたんですか？」ぼくはたずねた。

「さびしくてね」ジーンさんがこたえた。「昼下がりにふたりでここにすわって、天下国家を論《ろん》じたもんだったよ」

コリンさんのことを言っているんだ。

ぼくがコリンさんについて質問《しつもん》すると、ジーンさんは、こたえる気分じゃないよ、と言った。

「でも、それじゃあ、何がおこったかわかりません。『CSI《シーエスアイ》：科学捜査班《そうさはん》』ではどんな事件《じけん》でも、質問によって解決《かいけつ》していきます」

「じゃあ、いいよ」ジーンさんがとうとう言った。「じゃんじゃん質問して」

「コリンさんとよくしゃべっていた人はいましたか？　男の人とか？　コリンさんは誰《だれ》かをおそれていましたか？」

「いいや。でもひとり、あごひげを生やした若《わか》い男がいたね。ときおりコリンに会いにきてたよ」

ぼくの胸《むね》がピッと動いた。優秀《ゆうしゅう》な刑事《けいじ》は、勘《かん》をたよりにする。つまり、証拠《しょうこ》が何もないうちから、正しい方向にむかっているという予感がするんだ。

「その話、前には教えてくれませんでした」

ぼくが言うと、ジーンさんは肩《かた》をすくめた。

「忘《わす》れてたんだよ。それに、コリンがその男といっしょにいるところを、そんなに見たわけじゃないしね。橋の下でたまにちょこっとしゃべってから、若《わか》い男が帰っていくんだよ」

「コリンさんはその男をこわがっていましたか?」

「いいや。会うとうれしそうだったよ」

「ふたりはどんな話をしていましたか?」

「知らないね。人の会話なんて聞いちゃいないから。あれま、これじゃあ探偵失格《たんていしっかく》だね」

ぼくは、その男を最近見たかどうか質問《しつもん》した。

「かわいそうなコリンが亡《な》くなった前の日にたずねてきたよ。それからは見てないね」

これはとても重要な証拠《しょうこ》だ。それなのに、ジーンさんは今になってこの話をしてくれた。質問はかならず手がかりにつながるのだ。

ぼくはジーンさんのこたえを頭のなかで思いかえして、あとで全部ノートに記録できるように覚えこんだ。

「その男の顔を覚えていますか?」

ジーンさんはうなずいた。

「だいたい覚えてるよ。どうして?」

「ここで待っていてください」

ぼくは家まで走った。六分かかった。

横木戸を通って、居間《いま》のカーテンがしまっているのを確《たし》かめてから、庭を横切って、勝手口まで行った。

物置小屋の戸があいていた。そこにタイソンがもういないと思うと、不思議な感じだった。新しい家に落ちついて、やさしい飼《か》い主《ぬし》におやつをもらったり、散歩につれていってもらえたりしているといいなと思った。

勝手口のドアはきちんとしまっていなかった。ぼくはそっとしのびこんで、廊下《ろうか》へと進んだ。ライアンのゲームの音が聞こえて、トニーのへんなタバコのにおいがする。

自分のベッドの下からノートとスケッチブックをとりだすと、学校かばんに入れた。

階段《かいだん》がみしっと音をたてた。

ぼくは動きを止めて、耳をすました。みしっと、また音がした。

誰《だれ》かが階段をあがってくる。

両腕《りょううで》と両足が凍《こお》りついたようになった。落ちついて呼吸《こきゅう》をしようとしたけど、胸《むね》がしめつけられて、体じゅうピンや針《はり》で刺《さ》されているような感じがした。

部屋のドアがとてもゆっくりとひらいた。

戸口に立っていたのは、トニーだった。

㉓ 似顔絵《にがおえ》

トニーは黙《だま》っていた。じっと立ったまま、ぼくを見ている。

ぼくは呼吸《こきゅう》をしようとしたけど、できなかった。吸入器《きゅうにゅうき》をポケットから出して、二回吸《す》いこんだ。

すると、トニーが言った。

「あのバカ野郎《やろう》どもは、なんでタイソンの具合が悪いことを知りやがったんだ」

「わからない」ぼくはこたえた。

トニーはぼくの部屋のなかを見まわした。ベッドの下を見て、マーティン・ブラントの手紙と写真を見つけたらどうしようと不安になった。

「いい部屋じゃないか、え？　何の役にも立たないくせに、おれと、おまえの母さんの金でのうのうと暮《く》らしやがって」

ぼくは自分の足もとを見た。

「おい、まさかまたションベンもらしてないだろうな」

「もらしてない」

「ゆうべ、またおまえの話をしてたんだ。おまえの母さんは、おまえが児童養護施設《ようごしせつ》で暮らすのがいいんじゃないかと言ってたぞ。特別支援《とくべつしえん》が必要な男子のためのな」

嘘《うそ》だ。嘘だ！　嘘だ‼

ぼくはもう一回、吸入器を使った。

「タイソンのこと、あの人たちに話してない」

「あたりまえだ。おまえにはそんな脳《のう》みそはない。けど、誰《だれ》かにしゃべったんじゃないのか。そいつが通報《つうほう》したんだろ」

「しゃべってない」

「正直に言ってかまわない。誰に話したんだ？」

「誰にも」

「嘘つき野郎《やろう》（ピーッ！）。このあいだの夜、庭にいたのをライアンが見たんだぞ」

トニーは部屋のなかに二歩入ってきた。海の音が少し近づいてきた。

「タイソンがだいじょうぶか、見にいっただけだよ。おなかをすかせて鳴いてた。犬はずっとひとりぼっちでいるのは好きじゃないんだ。それって、残酷《ざんこく》なんだ」

トニーのほっぺたが赤くなってきた。ぼくは、そんなことを言ってはいけなかったのだ。

たとえ、本当のことだとしても。

トニーの両手を見た。げんこつになりかかっている。

ぼくはぶるぶるふるえだした。

そのとき、玄関《げんかん》のベルが鳴った。

ライアンがさけんだ。

「父さん。お客さんだよ」

海の音がシューッと頭のなかにおしよせてきて、めまいがした。

トニーは一階にもどろうと体のむきを変えた。部屋の外でこっちをふりむいた。

「誰《だれ》が通報《つうほう》したかわかったら――」トニーはこっちに指をつきだした。「――そいつの首をかき切ってやる。そいつに告《つ》げ口《ぐち》したやつもな!」

ぼくはお客さんがいなくなるまで、自分の部屋で待っていた。勝手口のドアがバタンとしまる音が聞こえると、そっと階段《かいだん》をおりた。トニーは居間《いま》にもどって、ライアンとふたりで工具箱に小袋《こぶくろ》をつめこんでいた。ぼくは静かに勝手口のドアをあけて、外に出た。

冷たい風が顔にあたって、気持ちがよかった。体じゅうがじっとり汗《あせ》ばんで、心臓《しんぞう》がまだドキドキしている。

ぼくは首をふった。一回、二回、三回。四、五、六、七、八、九、十。

頭のなかが腫《は》れあがっている感じだったのが、少しおさまった。

通りの反対側で犬の散歩をしていた女の人が立ちどまって、こっちを見ていた。

川岸にもどるとちゅうで、スパーショップの前を通った。

レジで働く母さんを見つめた。母さんはきれいに見える。黄色がかった紫色《むらさきいろ》のあざがあっても。

母さんは絶対《ぜったい》にぼくを施設《しせつ》には入れない。生まれてからずっと誰かとつきあっていれば、その人が何かをするのかしないのかくらい、はっきりわかるものなんだ。

ぼくと母さんはずっといっしょだ。ふたりでよく、手をにぎりこぶしにして、おたがいの関節をぽんと合わせる、特別《とくべつ》な合図をやっていた。意味は、「ふたり、いつまでも」。

もう長いこと、その合図をしていない。母さんのぼくへの気持ちを、トニーが変えてしまったとしたら、どうなるんだろう。母さんはライアンのほうを息子《むすこ》にしたいと思うかもしれない。母さんとトニーとライアンで小さな家族になるかもしれない。タイソンはもういないから、つぎはぼくの番かもしれない。

ぼくは母さんがいるレジのそばの窓《まど》に、両手の指の関節をくっつけた。

「ぼくと母さんはずっといっしょ」ぼくは言った。

母さんには聞こえないけど、かまわなかった。声に出して言いさえすれば、きき目があるんだ。

「あんた、家に帰って寝《ね》ちゃったのかと思ったよ。こんなにおそいんだもん」

川岸にもどると、ジーンさんが言った。

「ごめんなさい」ぼくはこたえた。「スケッチブックをとりにいってました」

「急いでやってちょうだいよ。今晩《こんばん》、宿泊所《しゅくはくじょ》でベッドを確保《かくほ》したいからね。背中《せなか》の調子がどうもよくないんだよ」

ぼくは謎《なぞ》の男について、いくつか質問《しつもん》してから、絵を描《か》きはじめた。

「誰《だれ》か有名人に似《に》てますか？」

「ジョージ・クルーニー」ジーンさんが言った。でも、ふざけていただけだった。

人の顔を描くときは、皮膚《ひふ》の下に何があるのか考えないといけない。骨《ほね》のことを。そう説明すると、ジーンさんは言った。

「なんだかぞっとするね」

骨の形がわからないまま描くのは、ポールを使わずにテントを立てるようなものだ。

「骨格《こっかく》ね」とクレーン先生は言う。

ラウリーは自画像《じがぞう》を描くとき、いつも異様《いよう》な感じに見ひらかれた真っ赤な目を描く。トニーも今ではいつもそんな目をしている。

「ほそい男だったね」ジーンさんが言った。「『チャーリーとチョコレート工場』の映画《えいが》に出てた人みたいに」

「ジョニー・デップ」

「あんなにハンサムじゃないけど、あごひげはちょっと似てたよ」ジーンさんはうなずいた。「歯がきたなくて、髪《かみ》の毛《け》は茶色かった。黒じゃなくてね」

ジーンさんはこまかいところまでよく思いだしてくれた。

ぼくは描いているとちゅうで何度も絵を見せた。そのたびにジーンさんは「そう、そんな感じ」とか「ちがう、鼻はもっと大きい、口はもっと横に長い」とか言った。形が決まると、ぼくは線をもっと濃《こ》くしていった。

ジーンさんは男の目の色を覚えていなかったけど、それでもかまわなかった。大事なのは形と、見た感じだから。

最後にジーンさんは、男の左の眉《まゆ》から口のすぐ上までつづく傷跡《きずあと》があったと言った。どうやってそんな傷ができたんだろう。かっこいい。

そう思ったとたん、この男がコリンさん殺害の第一容疑者《ようぎしゃ》なんだと思いだして、口のなかがちょっとすっぱくなった。

絵ができあがると、ジーンさんに見てもらった。

「あれま、なんてこと。そっくりだよ」

ジーンさんはぼくのことを天才だと言った。

殺人犯《さつじんはん》の捜査《そうさ》がまた一歩進んだ。

そういう予感がした。

㉔ 謎《なぞ》の男

ジーンさんが宿泊所《しゅくはくじょ》に行ったあとも、ぼくは川岸に残って考えていた。ぼくの脳《のう》はものごとに順序《じゅんじょ》をつけて、計画を立てるのが上手だ。おばあちゃんがよく言っていた。ぼくはたいていの子とはちがったふうに頭がいいのだと。

ぼくは頭のなかで、こう考えた。

・ぼくは母さんに会いたい。
・毎朝、ぼくが学校に行くとき、母さんはまだベッドで寝《ね》ている。
・ぼくが学校から家に帰ってくるとき、母さんは仕事でいない。
・母さんは家に帰ってくると、トニーといっしょにいるから、ぼくといっしょにいられない。
・母さんがスパーショップで働いているとき、ぼくは母さんを見られるけど、従業《じゅうぎょう》員規則《いんきそく》があるから、話しかけられない。
・母さんは仕事がおわったあと、少しのあいだ、ひとりでいる。トニーも母さんのボスも、母さんとぼくが話をするのを止められない。

ここまで考えると、計画ができた。ぼくは母さんの仕事がおわるまで待って、いっしょに歩いて帰ればいいんだ。

ポケットから腕時計《うでどけい》をとりだした。6：04pm。母さんの仕事がおわるまで、一時間五十六分だ。

ぼくは、ジーンさんが男について話してくれたこまかいことを全部書きとめた。

もう一度自分が描《か》いた似顔絵《にがおえ》を見た。そばを男の人が通るたびに、顔をじっと見て、似顔絵の男と同じかどうか確《たし》かめた。

あたりが暗くなってきたから、街灯《がいとう》の下にあるべつのベンチまで歩いていって腰《こし》かけた。

いつもなら家に帰って、自分の部屋にあがっている時間だ。おなかがグーグー鳴ったけど、食べるものがない。ポケットにはお金が残っていないし、ブタの貯金箱《ちょきんばこ》もほとんどからっぽだ。

児童養護施設《ようごしせつ》で暮《く》らすのはどんな感じなのか、想像《そうぞう》してみた。食べ物の組み合わせがよくないだろうし、ライアンみたいな男の子がおおぜいいて、ぼくをなぐったり蹴《け》ったりしたがるだろう。

ぼくのノートとスケッチブックをかくせるような安全な場所もないだろう。マーティン・ブラントにもらった手紙と写真はびりびりにやぶられて、トイレに流されるだろう。

体じゅうが重くなって、動くのがおそくなった。不良グループがやってきてぼこぼこになぐられても、どうでもいい気分だった。

ティーンエイジャーになると、体のホルモンのせいで、脳《のう》がいろいろとへんなことになる。社会技能《ぎのう》の時間に、保健室の先生が教えてくれた。それでこまったり憂鬱《ゆううつ》になったりしたときは、おとなの人に相談していいのよ、と。

「憂鬱」というのは、悪いことばかり考えるようになって、いいことを何も考えられないことだ。ぼくは憂鬱になっていた。ときには、憂鬱でいたいときもある。毎日の生活がひどいことばかりだと、楽しくしているより、憂鬱でいたほうが気が楽だから。

セアラ・ラムのお父さんは憂鬱だった。生協のお店で働けなくなって、べつの仕事をしようとしたけど、年をとっていたから働かせてもらえなかった。あまりにも悲しくて、客間で首を吊《つ》ったのだ。

首を吊ったお父さんがどんな顔だったのか、セアラにききたかったけど、それは完全に社会規則《きそく》に反しているとクレーン先生に止められた。

昔はロンドンのタワーヒルで、首吊《くびつ》りの刑《けい》がおこなわれていた。当時の人にとっては映画館《えいがかん》に行くようなもので、列をつくって見にいっていたのだ。

刑の執行人《しっこうにん》が縄《なわ》をどう結ぶかで、早く死ぬかゆっくり死ぬかが決まる。イギリス政府《せいふ》だけでなく女王さまもこの制度《せいど》をみとめていた。

おばあちゃんは前に、タワーヒルを見にロンドンにつれていってあげる、と言っていた。昔の王さまや女王さまが実際《じっさい》に住んでいた、本物のロンドン塔《とう》も見学できる。そこには本物の衛兵《えいへい》がいて、昔は女王さまのきげんをそこねた人は、首をはねられたのだ。遅刻《ちこく》みたいな、たいしたことない理由でも。

最大の見どころはロンドン橋だ。なぜなら昔、国にそむいた反逆者《はんぎゃくしゃ》たちの首をはねたあと、大釘《おおくぎ》に刺《さ》してロンドン橋にならべて見せしめにしたからだ。

ぼくはおばあちゃんを見つけたら、いっしょにロンドンに行くつもりだ。そして、イブニング・ポスト新聞の記者になったら、おばあちゃんと母さんをリッツホテルのアフタヌーンティーにつれていく。リッツは世界でいちばんお上品なホテルだ。なにしろホテルに入るときに、ドアをあけてくれるんだ。

ぼくはロンドン橋の絵を描《か》いた。ぼくの絵では、トニーとライアンが首をはねられて、大釘に刺さっている。ぼくとタイソンは橋の上を散歩していて、母さんとおばあちゃんは橋のむこうのリッツホテルからこっちにむかって手をふっている。

ぼくは人や川に浮《う》かぶ船も描いた。昔は香料《こうりょう》の倉庫街だったバトラーズ・ウォーフのような、大きな工業的な建物群《たてものぐん》も描いた。ぼくの絵には犬やカモや煙《けむり》を吐《は》きだす煙突《えんとつ》もあった。ラウリーの絵が、いろんなものをまぜこぜで描く方法を教えてくれたんだ。現実の世界みたいに。

絵には自分の好きなものが描ける。絵を描くと、頭のなかが落ちついて、憂鬱《ゆううつ》ではなくなってくる。

手がかじかんで描けなくなったから、ノートとスケッチブックをかばんにもどして、両手をポケットにつっこんだ。

橋のほうを見た。誰《だれ》かが動いている。

見にいきたかったけど、暗くなってから橋に近づくのは薬物中毒者だけだ。

薬物中毒者はふつうのホームレスの人とはちがう。薬物中毒者は、クラック・コカインを吸《す》うこと以外、どうでもいいのだ。学校の授業《じゅぎょう》でそう習った。最初はおもしろそうだからと何回か吸っているうちに、もうやめられなくなるのだ。そのうちに、ガイコツのようにやせこけて、鼻の穴《あな》のあいだの長い部分が溶《と》けてしまう。

「鼻中隔《びちゅうかく》ね」と、クレーン先生は言った。

最悪なのは、薬物中毒者たちが同じ針《はり》を使いまわす場合だ。そうするとＨＩＶ《エッチアイブイ》、つまりヒト免疫不全《めんえきふぜん》ウイルスに感染《かんせん》して、ＡＩＤＳ《エイズ》、つまり後天性《こうてんせい》免疫不全症《しょう》になるかもしれない。エイズになるのは、のっぴきならない事態《じたい》なのだ。もう治せない。

そして、小さい子がＨＩＶのついた針を拾って指を刺《さ》してしまったら、エイズになって死ぬかもしれないのだ。薬物なんか一度もやったことがなくても。

橋のあたりで、まだ人が動いている。ぼくは物陰《ものかげ》にかくれたまま、そっと近よった。口のなかがからからになって、息も苦しくなったけど、ぼくはじりじりと近づいていった。コリンさん殺害の手がかりを集めるには、こうするしかない。

男の姿《すがた》が見えた。暗がりに立って、川を見つめながらタバコを吸《す》っている。

男がさっとあたりを見まわし、ぼくはぱっと物陰にひっこんだ。

男はタバコを足でふみつけると、えりを立てて歩きさった。

身もとがばれていなくて安全だと、男が思っていたとしたら、それはまちがいだ。ぼくは男の顔を見たことがある。

宿泊所《しゅくはくじょ》の警備員《けいびいん》だったのだ。

㉖ ふたり、いつまでも

スパーショップの外で、若《わか》い男たちがたむろしていた。

7：55ｐｍ。母さんの勤務《きんむ》時間がおわるまで、あと数分ある。ぼくは角《かど》を曲がったあたりの暗がりにいた。男たちのことが見えるけど、むこうからは見られない場所にいるほうが安心できる。

数分間待つのは、ぜんぜん気にならなかった。その時間を使って、なぜ宿泊所の警備員が川岸をうろうろしていたのか考えた。

このへんに住んでいる可能性《かのうせい》もあるけど、今まで見かけたことはない。もしかしたら、コリンさんの死にかかわっているのかもしれない。宿泊所でコリンさんを知っていたはずだ。そうとしか考えようがない。

スパーショップの外にいた男たちは、缶《かん》ビールを持って、タバコを吸《す》っていた。笑ったりさけんだりして、うるさくしている。

「静かにしやがれ、くそ野郎《やろう》（ピーッ！）」お店の横に建つ家の二階の窓《まど》から、誰《だれ》かがどなった。若《わか》い男たちはますます大声で笑って、指を二本つきたてた。言葉を使わないで毒づくやりかただ。

夜に外の通りで大きな音をたてることを「反社会的行為《こうい》」という。うちの団地《だんち》ではいつも、ほとんどの通りでこういうことがおこる。新しい家が建っている場所以外では。

警察《けいさつ》に通報《つうほう》してもいいけど、警察はぬすまれた自動車をさがすのにいそがしいから、絶《ぜっ》対《たい》に来ない。もっと力になりたくても、手が足りないのだ。だから、コリンさんのことも放っておかれている。

ぼくは図書館のパソコンで、警察が新しくつくった「犯罪《はんざい》マップ」のウェブサイトを見た。イギリス全土が対象《たいしょう》で、自分の住んでいる通りや学校の近くでどんな犯罪があったか正確《せいかく》にわかる。

うちの郵便《ゆうびん》番号を入力した。うちの団地には小さい丸印がびっしりついていた。丸印のなかに数字が書いてあって、それで犯罪件数《けんすう》がわかる。数が多いのは、「反社会的行為」、「自動車盗難《とうなん》・車上ねらい」、「薬物」。ほかにもいっぱいあるけど、たいていはその三つだ。なかには「凶悪《きょうあく》犯罪」や「武器《ぶき》の所持」をしめす丸印まであった。

犯罪マップを見ると、うちのあたりはものすごくあぶない。でも、住んでいるぶんにはだいじょうぶだ。銃《じゅう》を持った人を見たこともない。

ぼくは犯罪の種類をすべてノートに書きこんだ。それぞれの犯罪についてくわしく知りたかったけど、そこまでは見せてもらえない。

クレーン先生の郵便番号をきいた。うちの番号と似《に》ているけど、先生の家は川の対岸にあるウェストブリッジフォードだ。

クレーン先生の家の通りには丸印がひとつもなかった。まったくつまらない。

スパーショップの外にいた若い男たちが、口笛を吹《ふ》いてヒューヒュー言いだした。お店を出てきた母さんにむかってやっているんだ。

「姉ちゃん、おっぱい見せてよ」ひとりが大声で言った。

ものすごくむかついた。おとなになって強くなるのが待ちきれない。そうしたら全員なぐってぼこぼこにしてやるんだ。

母さんのそばにかけよろうとしたとき、脳《のう》みそが止まれと言わなかったのに、足が自然に止まった。

男の人が角《かど》を曲がってやってきて、母さんと立ち話をはじめたのだ。

あの警備員《けいびいん》だ。

母さんは何度も首を横にふり、ずっと下をむいていた。男はしゃべりながら、両腕《りょううで》を横にのばして、てのひらを上にむけていた。母さんに話を聞いてもらおうとしているみたいだった。

数分後、男は肩《かた》をすくめて、反対方向に歩きさった。

男は何と言ったんだろう？　何をしようとしていたんだろう？

ぼくはかくれていた道の奥《おく》にひっこんで、べつの横道から、母さんの少し前あたりに出た。

「びっくり！」そう言って、母さんの真ん前に飛びだした。母さんは片手《かたて》を口にあてて、悲鳴をあげた。吐《は》きそうな顔をしている。

「まったくもう、キーランじゃないの！」

ぼくは母さんに喜んでほしかったんだ。怒《おこ》るんじゃなくて。

「母さん、ごめんなさい」ぼくはあやまった。「さっきしゃべっていた男の人は誰《だれ》？」

「こんなところで何やってんのよ？　あたしのこと、見はってたの？」

ぼくは首を横にふった。

「母さんに会いたかっただけ」

母さんはため息をついた。

「つらいのはわかってる。ごめんね、キーラン。トニーが仕事を見つけたら、変わるから。

もっとあんたのこと、かまってあげられるから」

トニーが仕事を見つけるわけがない。だって、一日じゅうソファに寝《ね》ころがって、タバコを吸《す》っているんだから。

ぼくは警備員《けいびいん》のことをもっとききたかった。でも、人に話をしてもらうには、その前に味方になってもらわないといけないこともあるんだ。

「今日から転校生が来たよ。名前はカーワナっていうんだ」

「へえ。むずかしい発音ね」

「ウガンダから来たんだ。グリーンバナナのマッシュが好きなんだって」

母さんは横目でぼくを見た。

「あんた、タイソンのこと、誰《だれ》にもしゃべってないわよね？」

「うん」ぼくはこたえた。

「本当ね？」

「本当。でも、タイソンが新しい家に行くことになってよかったよ。だって、とっても悲しそうだったから」

ぼくは本当に誰にもタイソンのことをしゃべっていない。クレーン先生のほかには。でも、クレーン先生にはほとんど何でもしゃべっているから、数には入らないんだ。

「かわいそうだったと思ってる」母さんは言った。「でも、もうすんだことだから、しかたないよね」

つまり、もうこれ以上この話はしない、ということだ。

「ぼくは児童養護施設《ようごしせつ》に行きたくない」と、ぼくは言った。

母さんが声をあげて笑った。

「いったいどっからそんなこと思いついたの、おバカちゃん」

「とにかく、行きたくないから」

「じゃあ、いいじゃないの。だって今いっしょに住んでるんだから。うじうじ心配するの、やめなさい」

そう言ったとき、母さんの目はまっすぐぼくを見ていた。だから、嘘《うそ》をついていないことがわかった。

ぼくは手をにぎりこぶしにして、目の前に出した。

「ふたり、いつまでも」

母さんも手をにぎりしめ、ふたりで指の関節をくっつけあった。

「さっきの人、宿泊所《しゅくはくじょ》で見たよ」ぼくは言った。「警備員《けいびいん》なんだ」

「あの人に近づいちゃだめよ。あのノミだらけの宿泊所にもね」母さんがきつく言った。

「今はこれ以上やっかいごとに巻《ま》きこまれたくないの」

母さんがなぜ警備員を知っているのかは、また解決《かいけつ》しなくてはいけない問題だ。でもいちばん大事なのは、母さんはぼくを児童養護施設に入れるつもりがないということ。たとえトニーがそうさせようとしても。

だから、ぼくは警備員の話はしないことにした。とにかく、今は。

㉕ アリバイ

いつもは、母さんの帰りを待っている時間がものすごく長く感じる。でも、いっしょに歩いて帰るとあっというまだった。

うちの通りに入ったとき、ぼくは思わず立ちどまって首をふった。一回、二回、三回。四、五、六、七、八、九、十。

「キーラン、早くして。時間がないんだから」

「今度、カーワナをうちに呼《よ》んでいい？」ぼくはきいた。

母さんは口をきゅっととじた。

「やめといたほうがいい」

「どうして？」

「トニーがいやがるでしょ」

「どうして？」

「とにかく、いやがるから」

「図工の時間に描《か》いた海の絵、もうすぐしあがるんだ」ぼくはつづけた。「ベントリー先生が、描きおわったら家に持ってかえっていいって」

「よかったね。じゃあ、部屋にあがってて。ごはんができたら呼ぶから」

「鉛筆《えんぴつ》けずりがまだ見つからないんだ。賞品の鉛筆セットの箱に入ってたやつ」

「キーラン、もう何か月も前のことじゃない。もし家にあるなら、とっくに出てきてるはずよ」母さんがこたえる。「スパーショップで買ってあげた赤いのはどうしたの?」

「あれは、おそろいじゃないんだ。前の鉛筆けずりは、ぼくの鉛筆セットにあわせてつくってあったんだよ」

母さんはおでこに手をあてて、目をつぶった。

「キーラン、あたしは今、鉛筆けずりよりもっと心配しなきゃいけないことがたくさんあるの」母さんはため息をついた。「はい、上に行って。ごはんになったら呼ぶから」

キッチンに入るとき、ライアンがさっと足を出して、ぼくを転ばせようとしたけど、先に見えていたからひっかからなかった。

「ションベンくせえ」ライアンがひそひそ声で言った。

部屋でものすごく待ったあと、ようやく母さんが「晩《ばん》ごはんよ」とさけんだ。あまりに長く待っていて、おなかが鳴りやんでいた。

トニーとライアンはグレイビーソースをかけたミートパイを食べおえていた。カウンターの上に、あき箱がおいてあった。

ぼくと母さんはキッチンのテーブルについて、ベイクドビーンズとトーストを食べた。

「ミートパイが食べたい」とぼくは言った。

トニーが缶《かん》ビールをもう一本とりにきて、通りすぎざまに、ぼくの頭のうしろをたたいた。

「このくそ恩知《おんし》らずめ（ピーッ！）。黙《だま》ってあたえられたものを食え」

トニーは母さんの頭のてっぺんにキスした。母さんはトニーを見あげてほほえんだけど、本当の笑顔じゃなかった。

「食べおわったら、すぐ部屋にあがんなさい」トニーが居間《いま》にもどると、母さんが言った。

「トニーのきげんがまた悪くなるといけないから」

「ブタの貯金箱《ちょきんばこ》にお金がないんだ」ぼくは言った。「今度、カーワナとバスで出かけたいのに」

母さんは立ちあがって、ドアのむこうに誰《だれ》もいないのを確《たし》かめた。それから自分のバッグから三ポンドとってきて、ぼくにくれた。

「はい、あげる」母さんは、ないしょだよ、という合図に、自分の鼻の横を指で軽くたたいた。「あんたに友だちができてうれしいの。たとえ外国人でもね」

ぼくは嘘《うそ》をついたけど、ちょっとだけだ。バスに乗るお金が必要なのは本当だから。でも、カーワナとは乗らない。おばあちゃんの居場所がわかったら、ぼくはバスでマンスフィールドまで会いにいくつもりなんだ。おばあちゃんのことは、ジーンさんに言われたとおりまかせているけど、どうなったかはまだ聞いていない。

ぼくはマーティン・ブラントの手紙と写真のことを思いだした。

「持ってきて見せてあげる」

「今度ね、キーラン。今はすることがたくさんあるから」

ぼくは母さんに、おやすみなさいのキスをして、自分の部屋にあがった。9：58pmだ。

体を動かすたびに、どろのなかで泳いでいる感じがした。首をふっても、どうにもならなかった。いろんなことがおこって、なにもかも変わっていく。

暗がりのなか、服を着たまま、毛布《もうふ》の下でまるくなった。両手が冷たいから、シャツのなかに入れて、あたたかいおなかにくっつけた。

ライアンはゲームのスイッチを切って、今はみんなでテレビを見ている。床《ゆか》から音が響《ひび》いてくるけど、Xbox《エックスボックス》ほどうるさくはない。

ぼくが静かにしてトニーのきげんをそこねなければ、一階でいっしょにテレビを見てもいいと思うのに、どうしていけないのかわからない。

眠《ねむ》れなかった。

男の顔、ジーンさんがジョニー・デップに似《に》ていると言った男の顔が、目の前に浮《う》かんできた。

男はどこかそこらへんにいる。見つけだしさえすればいいんだ。

突然《とつぜん》、警備員《けいびいん》の顔がぱっと浮かんだ。どうして川岸にいたんだろう？　母さんに何を言ったんだろう？　もしかしたらアリバイをつくろうとしたのかもしれない。

「アリバイ」というのは、言いわけのことだ。自分は犯罪《はんざい》をおかしていないと、警察《けいさつ》に証明《しょうめい》する方法なのだ。もし警備員が母さんに「コリンさんが殺された日にこの人はあたしといっしょにいました」と言わせることができれば、アリバイが成立して、警察は警備員を釈放《しゃくほう》するしかないのだ。すべてが嘘《うそ》だったとしても。

ふたりの男たちがコリンさんとどうつながっているのか、考えないといけない。

ぼくの脳《のう》のなかは、ミネストローネスープみたいにいろんな切れはしが浮かんでいるばかりで、それがどういう意味なのかわけがわからなかった。

寝《ね》つくとき、タイソンがヒナギクの原っぱを走っているのが見えた。タイソンはうれしそうで、たくましくなっていて、もうあばら骨《ぼね》は浮いて見えなかった。
タイソンを傷《きず》つける人はもういなかった。

㉗ 消えたメダル

「キアロン、なぜ自分だけの先生がついているんだ?」

休み時間に、カーワナがきいた。

「クレーン先生は学習補助《ほじょ》の先生なんだ。ときどき手伝ってくれてる」

「なぜ?」

ぼくはカーワナの顔を間近から見た。黒い肌《はだ》がつやつや光っている。髪《かみ》の毛《け》は見たことないくらいこまかくちぢれていて、頭の皮膚《ひふ》にぴたりとくっついている。ぼくはカーワナの目が気に入った。深い茶色の、まるでチョコレートビスケットみたいな色で、やさしそうに見える。

「ぼくはクラスのほかの人とちょっとちがうから。でも、八年生のトマス・ウィートリーほどひどくないよ。トマス・ウィートリーは女の子のタイツにさわってばかりいるんだ」

トマス・ウィートリーは数学の天才で、将来《しょうらい》オックスフォード大学に来てくださいという手紙までもらっている。ぼくは絵の才能《さいのう》のほうが役に立つからいいと思う。とくに殺人事件《じけん》を捜査《そうさ》している場合には。

カーワナは何も言わなかった。

「カーワナはどうしてウガンダを離《はな》れたの？」ぼくはたずねた。

カーワナの視線《しせん》が遠くへ行った。

「昔はいいところだったけど、今はちがう」

「家のまわりに犯罪《はんざい》の丸印がいっぱいあった？」

カーワナは首を横にふった。

「お父さんが政府軍《せいふぐん》に殺されたんだ。頭を銃《じゅう》で撃《う》たれて。ぼくとお母さんの目の前で」

涙《なみだ》がひとつぶほっぺたをつたいおちて、カーワナは横をむいた。ぼくは見なかったふりをした。

ぼくはお父さんの脳《のう》みそがどんなだったのか、壁《かべ》じゅうに吹《ふ》きとんだのか、ききたかったけどきかなかった。

クレーン先生にそう言ったら、しゃべる前に考えたのはとてもよかったし、ほかの人を理解《りかい》するのがうまくなったとほめてくれた。それでも、脳みそがどうなったか気にするのはやめられなかった。

カーワナは学校の生徒たちを誰《だれ》もこわがらなかった。ガレスととりまきたちのことさえ。カーワナはまるでウガンダの王さまのように、力強く勇敢《ゆうかん》に歩きまわった。

「銃《じゅう》や鉈《なた》を持った兵士とむきあったことがあると」とカーワナは言った。「ちっぽけなやつらのことはこわくなくなる。ああいうやつらは大きくて勇ましいふりをしていても、心のなかではおびえているんだ。ほかのみんなと同じように」

放課後、ぼくはジーンさんに会いに川岸に行った。ジーンさんは、ぼくが描《か》いた謎《なぞ》の男の似顔絵《にがおえ》をビリーじいさんに見せたいから、いっしょに宿泊所《しゅくはくじょ》に来てほしいと言った。

犯罪捜査《はんざいそうさ》をしていると、ときには、どうしても行かなくてはいけない場所が出てくる。母さんに宿泊所に行ってはいけないと言われたけど、どうしても行かなくてはいけない場所だった。コリンさんを殺した人の手がかりが見つかるかもしれないからだ。もしぼくが殺人犯《さつじんはん》をつかまえれば、母さんはぼくがどうして宿泊所に行ったのか理解《りかい》して、ゆるしてくれると思う。

寒い夜になるということで、宿泊所はこみあっていた。ジーンさんはぼくに、机《つくえ》のところにいるおばさんが見ていないときにしのびこむように言った。

受付を待つ人が何人かならんでいるとき、ぼくはこっそり横をすりぬけて、広間に入った。ビリーじいさんがすぐにぼくに気づいて、片手《かたて》をあげた。ぼくはとなりに行ってすわった。

「あんしゃん、あれから友だちの手がかりをもっと見つけたんかいね？」

「はい」ぼくはかばんをあけた。「似顔絵を見てほしいんです。見覚えがある人かどうか」

ビリーじいさんは、小さくクックックッと笑っていた。何も言わずに、自分の頭のなかで考えているらしいことに反応《はんのう》して、笑いつづけていた。

ぼくはいらいらした。ビリーじいさんはきっと、ぼくが殺人犯をつかまえられるわけがないと思っているんだ。

似顔絵を見せると、ビリーじいさんは笑うのをやめた。

「あんしゃんが描いたのかね？」

「この男を見たことありますか？」

ビリーじいさんは絵を少し自分に近づけた。それからスケッチブックをちょっとかたむけて絵を離《はな》して見た。

「いんや。見たことないね」

ジーンさんがぼくに、スープの入ったボウルを持ってきてくれた。顔をあげると、警備《けいび》員《いん》がこっちを見ていた。ちゃんとした笑顔ではなかったけど、口の両はしがわずかにあがった。

ぼくは警備員《けいびいん》に、川岸で何をしていたのか、母さんに何を話したのか、ききたくてたまらなかったけど、顔をそむけてスープを飲んだ。質問《しつもん》はタイミングが大事だし、きのうの夜、警備員を見たことを教えたくなかった。

ジーンさんは立ちあがって、入ってきたばかりの白い上着の女の人に会いにいった。おなかがすいているときに、食事ができるのはすてきだ。ジーンさんとここに来られてうれしかった。ビリーじいさんのとなりにすわっていることも、ひとりで川岸のベンチにいるのにくらべたら、ずっとましだ。

宿泊所《しゅくはくじょ》は古くなったよごれたくつしたみたいなにおいがちょっとするけど、慣《な》れるとあまり気にならない。

「コリンさんが消防隊《しょうぼうたい》のヒーローだったこと、知ってますか？」ぼくはビリーじいさんにきいた。

「ああ、知ってるともよ。勇気のメダルをほこりにしとったもんだ」

「それ、どこにあるんですか？」

「何がじゃい？」

「勇気のメダル」

「おお、いつも持ち歩いとった、しましまの袋《ふくろ》に入れてたよ。薄紙《うすがみ》に包んで箱にしまってさ」ビリーじいさんはじっと前を見つめていたけど、本当は何も見ていなかった。「メダルにはコリンの名前と日付がきざまれてた。コリンにとっちゃ、かけがえのない物だったが、今となっちゃ何の意味があるんじゃか」

これはすごく興味深《きょうみ》い。ぼくは警察がコリンさんの袋の中身を川岸であけたのを見ていたけど、メダルなんかなかった。

ノートをとりだして、メダルのことを書きとめた。

ビリーじいさんがまたへんなひとり笑いをしたけど、ぼくは知らんぷりをした。

夜にそなえて、広間はいっぱいになってきた。奥《おく》のドアのむこうにベッドがならんでいる。「相部屋」だ。ホームレスの人たちはプライベートな部屋はもらえない。ほかの人と部屋をわけあわないといけない。

一度、ジーンさんが見せてくれたことがある。ベッドが何列もならんでいて、軍隊の兵士や病院に入院している人の寝《ね》る場所に似《に》ていた。女の人たちがひと部屋で寝て、男の人たちがもうひと部屋で寝る。

ビリーじいさんにマーティン・ブラントの手紙と写真の話をしようと思ったけど、誰《だれ》だかわからないだろうし、それじゃおもしろくないから、やめておいた。

「あんしゃん、このおいぼれのために、ちょいとお茶をとってきてくれないかいね？」

お年よりのなかには、相手が自分より若《わか》ければ何でも用事をたのんでいいと思っている人がいる。ジーンさんも、おばあちゃんもちがうけど。もしかしたら男のお年よりのほうがなまけ者かもしれない気がするけど、それを証明《しょうめい》した人はまだいない。

ぼくは飲み物の窓口《まどぐち》まで歩いていった。

すぐ横に警備員《けいびいん》が立っている。ぼくを見て、うなずいた。

警備員はトニーと同じくらいの年だけど、やさしい顔をしている。

「ビリーじいさんに飲み物を持っていくだけです」

ホームレスの人のお茶を横取りしていると思われるといけないから、そう言った。

「あのおじいちゃんは、そうとう人使いが荒《あら》いからね」警備員は声をたてて笑った。こっちに手をさしだして、あくしゅをもとめた。

「スティーヴンだ。きみは？」

「キーランです」ぼくはこたえて、あくしゅした。

スティーヴンさんはいい人そうだけど、ぼくを見るときの顔がちょっとへんだった。頭のなかで何かを決心できないでいる感じの顔だ。

ぼくは学校に警察が来て、変質者《へんしつしゃ》について講演《こうえん》したときのことを思いだした。変質者は見た目だけではわからない。男かもしれないし、女かもしれないし、もしかしたら警備員かもしれない。

変質者は友だちのふりをしておいて、ズボンのなかに手をつっこんでこようとする。それか、女の子ならスカートの下に。だから、パーソナル・スペースを守ることが大事なのだ。

ぼくは急いで手を引っこめた。

「コリンさんというホームレスのおじいさんを知ってましたか?」ぼくはたずねた。

スティーヴンさんは首を横にふった。

そして、腕《うで》で部屋をざっと指ししめした。「ここはおおぜいの人が来るから」

「スティーヴンさんはこのへんに住んでるんですか?」ぼくはあんまり興味《きょうみ》なさそうにきいた。容疑者《ようぎしゃ》を引っかけるには、なにげなく、そんなに興味なさそうに聞こえるように質問するとよいのだ。

「遠くはないよ。きみは?」

スティーヴンさんが母さんを知っているなら、ぼくが息子《むすこ》だということも知っているはずだ。つまり、スティーヴンさんはつまらないかけ引きをしているのだ。

「メドウズに住んでいます。母さんはそこのスパーショップで働いています」

ぼくはそうこたえて、相手をじっと見た。緊張《きんちょう》したり嘘《うそ》をついたりする兆候《ちょうこう》を見つけるために。

むこうも、ぼくのことを見つめかえした。

ぼくは、主導権《しゅどうけん》をにぎることにした。

「ゆうべ、ぼくの母さんに何て言ったんですか?」

スティーヴンさんはほんの一瞬《いっしゅん》、ぎょっとした顔になったけど、すぐにそっぽをむいた。

「それは、きみのお母さんにきいたほうがいい。ぼくが話すことじゃないから」

ぼくはビリーじいさんのお茶を受けとると、スティーヴンさんのほうをふりかえらずに、持ってかえった。

スティーヴンさんのようすはものすごく怪《あや》しかったけど、母さんとしゃべっていたことは、コリンさんの殺害には関係なさそうだ。なぜなら、母さんは絶対《ぜったい》にホームレスのおじいさんを傷《きず》つけるようなことはしないから。

「よしよし、えらいね、ぼうや」ビリーじいさんが言った。

「ぼくはこれ以上あなたのために、何かをとってきたくありません」ぼくはそう言うと、かばんのファスナーをとじた。

ビリーじいさんがあごを下に引っぱって、ぼくにむかっていやな顔をした。

ジーンさんが帰ってきて、ぼくのとなりにすわった。ぼくの腕《うで》に手をのせた。

ジーンさんのことはよく知っているから、気にならなかった。

「キーラン」と、ジーンさんは言った。「あんたのおばあちゃんがどこにいるか、わかったよ」

㉘ 手がかりをたどる

ジーンさんは白い上着の女の人を知っていた。ホームレスの人たちの避難所《ひなんじょ》によく手伝いにくる、ボランティアのお医者さんだったのだ。

「クレイグ先生は、助産師《じょさんし》だったころのあたしを知ってるの」ジーンさんが言った。「だから喜んで、あんたのおばあちゃんのことを調べるって、言ってくれたんだよ」

頭のなかのマナーをきちんとする部分は、ジーンさんにキスしたほうがいいと言ったけど、ぼくはふつう人にキスなんかしない。母さんにだけ、ときどき、ほっぺたにキスする。それからもちろん、昔はおばあちゃんにもキスしていた。

「ジーンさん、助けてくださってありがとうございます」キスのかわりに、お礼を言った。口からていねいな言葉が出てくると、べつの人の言葉みたいに聞こえる。

「どういたしまして、キーラン。おばあちゃんはアッシュフィールド地域《ちいき》病院の6B病《ビーびょう》棟《とう》に入院してるんだって」

「どこが悪いんですか？」

「クレイグ先生は言ってなかったよ。教えちゃいけないことになってるからね」

心に入ったひびが、ちょっと広がった気がした。

「おばあちゃんに会いに行きたいです」

「よかったら、いっしょに行くよ。明日、学校がおわってから行こうか？」

勉強したくないからというだけで、学校をサボる人は多い。ぼくも明日サボって、おばあちゃんに会いに行きたかった。大事なことだから。分数やつまらない体育なんかより、ずっと大事だ。

でも、学校に行かなかったら、クレーン先生が母さんに電話して、ぼくがどこにいるかきくだろう。自分だけの学習補助《ほじょ》の先生がいるのって、最悪だ。おちおち休むこともできない。

「わしもいっしょに行ってもいいぞ」ビリーじいさんが言った。

ぼくもジーンさんも返事をしなかった。

おばあちゃんの病院のくわしい情報《じょうほう》をノートに書きこむと、ぼくは上着を着た。それから、コリンさんのメダルのことを思いだした。ジーンさんに、見たことがあるかたずねた。

「もちろんさ。いつもせっせと磨《みが》いて、見せびらかしてたもんだよ」ジーンさんがこたえた。「コリンの前半生の形見は、それっきりしか残ってなかったからね」

「コリンさんの袋《ふくろ》には入ってませんでした。入っていれば、ぼくは見たはずです」

「警察《けいさつ》がご遺族《いぞく》にわたしたんじゃないの？」

「でも、もしわたしてなかったら？」

「ここの誰《だれ》かに警察に電話してもらって、遺失物《いしつぶつ》のとどけを出してもらうよ。念のためにね」

ジーンさんはにっこりほほえんだ。

ぼくは、さようならと言って、ドアにむかった。スティーヴンさんの横を通るときは、顔を見ないようにした。変質者《へんしつしゃ》だったりするといけないから。

外に出るとき、机《つくえ》のところにいるおばさんの前を通った。

「あんたが入ってくるとこ、見なかったわね」おばさんは顔をしかめた。

「おばあちゃんをさがしてたんです」ぼくはこたえた。嘘《うそ》じゃない。

外は寒くて暗かった。大きな道だけを通って家まで帰った。それがいちばん安全なのだ。びくびくしているようすを見せると、襲《おそ》われやすくなる。だからぼくは、おびえていないことをしめすために、両腕《りょううで》をふって歩いた。万が一、犯罪者《はんざいしゃ》が見ているといけないから。

ケンタッキーフライドチキンのお店の前を通った。おいしそうなにおいがする。母さんがくれた三ポンドがポケットに入っているけど、これは病院に行くバス代だから、使うわけにいかない。女の人と男の人がお店から出てきて、ゴミ箱に紙袋《かみぶくろ》を捨《す》てた。食べ物がまだ入っていそうだった。

これまで、ホームレスの人たちがゴミ箱をのぞきこんで、食べ物をとりだすのを見たことがある。でも、ジーンさんがそうするのは見たことがない。

ぼくはゴミ箱に近づいた。てっぺんから茶色い紙袋が飛びだしている。今入れたばかりだから、古くなった冷たいものを食べるよりましなはずだ。

そのとき、店員の男の人がひとり外に出てきたから、ぼくは立ちどまらずにゴミ箱の前を通りすぎた。将来《しょうらい》イブニング・ポスト新聞の記者になったら、好きなだけケンタッキーフライドチキンが食べられるようになる。

それか、マクドナルドでもいい。自分で選べるんだ。

学校ではいつも環境《かんきょう》問題のことを勉強している。ぼくは環境問題について、お上品でない事実を知っている。マクドナルドの牛はオゾン層《そう》をひどく傷《きず》つけているのだ。おならのせいで！

本当なんだ。マクドナルドはあまりにもたくさんの牛を飼《か》っているから、そのおならで、ものすごい量の二酸化炭素《にさんかたんそ》が発生する。これは温室効果《こうか》ガスと呼《よ》ばれていて、環境《かんきょう》にとても悪く、大気圏《たいきけん》に穴《あな》をあけてしまうのだ。

マクドナルドの牛のことは、授業《じゅぎょう》では習わなかった。ある日、昼休みにパソコンでインターネットをやっていて見つけたんだ。クレーン先生に話したときには、「おなら」ではなくて「ガス」と言っておいた。

何年も前、科学者たちはこう言っていた。ぼくたちはみんなはげしく日焼けして、家のなかでも日焼けどめをぬってサングラスをかけないといけなくなる、と。なぜなら、温室効果ガスが地球のまわりを保護《ほご》するオゾン層《そう》を破壊《はかい》するから、ぼくたちは太陽の光でちりちりに焼けこげてしまうから、と。

でも、そんなことはおこらなかった。あいかわらず夏は雨ばかりふっている。天気がひどいから、女の子たちは川岸で日光浴しなくなった。

でも、べつにいいんだ。電話ボックスでとってきた、いやらしい女の人のチラシをまだ持っているから。その女の人はパンツ以上のものを見せている。というより、何もはいていない。そういうものは見てはいけないことになっているけど、まちがってポケットから出てきたときは、どうしたって見えてしまう。

カーワナをもう少し信用できるようになったら、チラシを見せてあげてもいいかもしれない。

誰《だれ》にも言わないって約束してくれたら。

28 証拠《しょうこ》を見なおす

家に帰りたくなかった。

左に曲がるかわりに右に曲がって、川岸に行った。暗くて静かで、かなりこわかったけど、自分を試すために行ってみた。いつもとちがう感じがして、わくわくする。

川に沿《そ》って歩いたけど、木々のそばを離《はな》れなかった。ぼくは暗い色の服を着ていた。うたがわしい人物を待ちかまえる秘密捜査官《ひみつそうさかん》のように。

風に乗って、橋の下からふたりの人の声が聞こえてきた。ぼくは薬物中毒者につかまらないように、あまり近づかないようにした。

夏の川は冬の川とぜんぜんちがう。

夏には、あたりにおおぜいの人がいるし、みんなもっと楽しそうだ。ノッティンガム大学の学生たちが川岸でバーベキューをして、アルミホイルの小さなお皿で食べていることもある。ソーセージを焼いて、ビールを飲むんだ。

ときどき、ぼくが見ているると、男の学生が「よう、一本食う?」ときいたりする。すると女の子が、「やだ、その子のズボン見てよ」と、ソーセージとぜんぜん関係ないことを言ったりする。

ぼくが夏の川岸でいちばん好きなのは、川にたくさんの船が出ていることだ。トレント・プリンセス号は大きなパーティー用の船で、夜に人を乗せて川をのぼりくだりして、うるさい音楽をかけている。乗客のほとんどは川を見もしないで、ただ飲んだりさわいだりしている。

昼間にはときどき、お年よりを乗せた大きな船がくだってくる。その人たちは紅茶《こうちゃ》のカップを持ってすわっていて、川岸でおこっていることを全部見ている。喜んで手をふってくれるし、パーティー船の人たちのように川に吐《は》いたりしない。

ぼくは年をとったら船で川を行ったり来たりするつもりだ。そしてコリンさんが殺された場所を通りすぎるとき、自分が少年だったころ、たったひとりで事件《じけん》を解決《かいけつ》したことを思いだすのだ。

夏の川でほかによく見かけるのは、ボート選手たちだ。だいたい四、五人の男たちか、ときには女の子たちが長いボートに乗る。ひとりがボートのはしにすわって、こぎ手たちに号令をかける。

「コックスね」教室でその話をしたとき、クレーン先生が言った。

コックスはリーダーだ。こぎ手たちに指示《しじ》を出し、こぎ手たちは口ごたえできない。コックスはこぎ手全員に聞こえるように、大声で号令をかける。怒《おこ》っているように聞こえるけど、そうではなくて、速くこいでもらいたいだけなのだ。レースに勝てるように。

ボートが目の前を通るとき、バシャバシャ水しぶきがあがりそうなのに、そうならない。こぎ手たちは全員でタイミングをあわせ、正しい角度でオールを水に入れる。

ボートのなかで最高なのは、ドラゴンボートだ。本当にボートの先頭にドラゴンの頭がついていて、太鼓《たいこ》を打ちならしながらレースをする。それぞれのボートにはこぎ手が二十人くらい乗っていて、先頭で太鼓をたたく人が、こぐタイミングを指示したり、「がんばれ！　もっと速く！」とさけんだりする。

今晩《こんばん》は、川は静かだ。鳥の声が聞こえるけど、姿《すがた》は見えない。

どういうわけか、これからいろんなことがおこりそうな予感がした。おなかのなかが、コンクリートミキサーの中身のようにぐるぐるかきまわされている感じがする。

ぼくは頭のなかをかけめぐっている考えを、落ちつかせてみることにした。
・ジーンさんがおばあちゃんの居場所《いばしょ》を調べてくれた。明日の放課後、いっしょにバスに乗って会いに行く。
・コリンさんは、ジョニー・デップをかなり不細工《ぶさいく》にしたような男のことをおそれていた。
・コリンさんの勇気のメダルが消えた。殺人犯《さつじんはん》がうばったのかもしれない。
・トニーは、RSPCA《アールエスピーシーエー》がタイソンを救いにきたのはぼくのせいだと思っている。
・母さんはぼくが児童養護施設《ようごしせつ》に行かなくていいと言ったから、安心していい。
・宿泊所《しゅくはくじょ》のスティーヴンさんは、変質者《へんしつしゃ》かもしれないから、近づいたり見たりしてはいけない。それでも、どうして母さんのことを知っているのか、つきとめなくてはいけない。

クレーン先生は、心配ごとがあるときは、それを紙に書きだしてみるといいと言う。そうすれば、頭のなかでくよくよなやまなくてよくなるかもしれないからだ。でも、ノートをとりだすには暗すぎるし、誰《だれ》に見られているかわからないから、街灯《がいとう》の下に行きたくなかった。物陰《ものかげ》にひそんでいるほうがいい。安心できる。

顔をあげて、木々のうしろを見ると、アパートや家々に明かりがともっていた。そのすべてに、人が住んでいる。幸せな人もいれば、悲しい人もいる。

幸せになるために、たくさんのお金はいらない。

ラウリーの絵に出てくる人たちは、ほとんどみんなまずしいけど、それなりに幸せそうにしている。犬でさえ、そこにいるのを喜んでいるようだ。

トニーはお客さんからお金をもらうけど、ぜんぜん幸せではない。トニーが勝手口のドアに背中《せなか》をむけて、誰《だれ》にも見られていないと思いこんでお金を数えているのを見たことがある。小銭《こぜに》なんかじゃない。勝手口から来るお客さんは、トニーにぶあつい札束《さつたば》をわたす。

トニーは母さんが仕事で出かけているときにしか、札束を数えない。

全部秘密《ひみつ》にできていると思いこんでいるんだ。

㉚ 〈キズガオ〉

母さんの仕事がおわってからいっしょに家に帰りたかったけど、寒すぎた。腕時計《うでどけい》を見ると、7：02pm。五十八分も待つのは長すぎる。母さんのことをどうでもいいと思っているわけではないにしても。

指の内側の血が全部凍《こご》えてしまった気がした。ポケットに入れても、ちっともあたたまってくれない。

トカゲなら、そんなことは気にしない。冷血動物だからだ。冷血でいることのよさは、体温を調節できることだ。そのときにいる場所にあわせて。

「環境《かんきょう》にね」そのことを授業《じゅぎょう》で習ったとき、クレーン先生が言った。

トカゲは日なたにいると、すぐに体があたたまる。夜寒ければ、トカゲは冷たくなるけど、寒さにふるえたりしない。

冷血動物は体をあたためなくていいから、生きていくためにたくさん食べる必要もない。

魚も冷血だ。そうでなければ、凍《こご》えそうに冷たいトレント川で生きていけない。

ぼくは暗い川を見つめた。街灯《がいとう》の光が水面を照《て》らしているけど、それでも水は黒い糖蜜《とうみつ》のようだった。底までは見えない。

あの水のなかで、魚が泳ぎまわっているんだ。止まることもなく、目をつぶって眠《ねむ》ることもない。魚ってとんでもない。

ぼくはスパーショップに立ちよらないで、そのまま家に帰った。家の横の通路を入っていった。

話し声が聞こえ、ぼくが引きかえす間もなく、誰《だれ》かが庭を走ってくる音がした。横木戸がガシャンとあいて、男がぼくの首をつかんだ。ぼくは悲鳴をあげて、レンガの壁《かべ》に頭をぶつけた。

「心配ない」トニーが笑って言った。「そいつはステフのできそこないの連《つ》れ子《こ》だ」

男はうなって、ぼくを放した。のどが死にそうに痛《いた》い。

男は顔じゅうにひげを生やし、黒いニット帽《ぼう》をかぶっていた。男が横木戸から出ようとふりかえった瞬間《しゅんかん》、ぼくは見た。傷《きず》だ。左の眉《まゆ》からほおのまんなかへ、すうっとのびている。

「なにをじろじろ見てる」トニーが歯をかみしめて言った。「さっさと入って部屋に行け、チビの化け物が」

ぼくは家に入りたくなかった。男がいなくなるまで、外で待っていたかった。

トニーは力ずくでぼくを勝手口のドアの前へおしやった。

ぼくはなかに入って廊下《ろうか》に立った。ライアンがX box《エックスボックス》をやっている。トニーのくさいタバコを一本吸《す》いながら、とろんとした顔をしている。

吐《は》きそうな感じとわくわくする感じが同時にしたけど、吐きたいほうがずっと強かった。

トニーと男の会話は完全には聞こえなかったけど、ところどころ「一級品だ」とか「金を見せろ」とか言っているのはわかった。

男が「また来週来る」と言うのが聞こえた。

それから、トニーが勝手口のドアをしめた。

ぼくはとっさに階段《かいだん》の下の物置に飛びこんで、戸をしめた。物置の奥《おく》まで行って、古いコートがかかっている下にかくれた。

トニーが廊下に入ってきて、足を止めるのが聞こえた。ぼくはのどがからからになって、咳《せき》がしたくなった。それから呼吸《こきゅう》がおかしくなってきた。吸入器《きゅうにゅうき》を使わないといけないときみたいに。

物置の戸があいた。トニーがしきものをめくりあげた。木の板を持ちあげて、工具箱をしまった。それから板としきものをもどした。

もし物置の奥《おく》に目をやって、ぼくのことを見つけたら、怒《いか》りくるってぼくの頭をぶんなぐるに決まっている。

ライアンの銃声《じゅうせい》がうるさくなって、それからいつもの音量にもどった。きっとトニーが居間《いま》のドアをあけて、またしめたのだ。

ぼくは念のため、もうしばらく物置にかくれていた。

これまでヒーローが悪役にだまされる映画《えいが》をたくさん見てきた。映画では、悪役はいなくなったふりをしながら、じつはドアのすぐ外に立っている。

少ししてから、物置の戸をほんの一ミリおしあけた。一ミリは学校で使う定規《じょうぎ》の最小単位だ。それからもう一ミリ、さらにもう一ミリ。そのうちに、トニーが本当に居間のなかにいるのが見えた。

ぼくは物置を出ると、勝手口のドアからそっと外にぬけだした。通路を走って、通りのはしへむかった。息がゼイゼイして、走りながらポケットの吸入器《きゅうにゅうき》をさぐった。

通りのはしまで来ると立ちどまって、吸入器を使った。左右を見たけど、通りのむかい側で犬の散歩をしている男の人しかいなかった。

そのとき、何かが動くのが見えた。クリッパー通りの角《かど》を、誰《だれ》かが曲がって消えていった。

ぼくは曲がり角へ走った。胸《むね》がきゅっと緊張《きんちょう》した。今にも切れそうなギターの弦《げん》みたいに。

息が足りないと、足が動かなくなって、絶対《ぜったい》に男に追いつけない。だから、ぼくはまた立ちどまって、もう一度吸入器を使った。

クリッパー通りに入ると、前のほうに男が見えた。タバコに火をつけるために立ちどまっている。ぼくは男がまた歩きだすまで、じっとしていた。

もはや「刑事《けいじ》ごっこ」ではなくなっていた。ぼくは本物の殺人者を追跡《ついせき》しているのだ。男がいつふりかえって、こっちを見るかわからない。走ってきて、ぼくのあばら骨《ぼね》にナイフをつきたてるかもしれないし、銃を持っているかもしれない。目撃者《もくげきしゃ》はひとりもいない。

ぼくは男からもう少し離《はな》れて、なるべく物陰《ものかげ》からはみでないようにした。街灯《がいとう》まで来ると、急いで通りすぎて、つぎの暗がりに飛びこんだ。胸のなかで心臓《しんぞう》がハンマーのようにドキドキ脈《みゃく》打っている。まさに『ミッション・インポッシブル』の映画のなかにいるみたいだ。

団地《だんち》のはしまで行きつき、川岸に出た。男はしばらくじっとしてから、さっきぼくがいた木々のあたりへ歩いていった。川のむこうを見ながら、タバコを最後まで吸《す》っている。

男はタバコの吸《す》いがらを足ですりつぶすと、ふりむいた。ぼくは団地《だんち》の角《かど》からだいぶ引っこんだ、街灯《がいとう》のない暗い生《い》け垣《がき》のそばに立っていた。気のきいた偵察《ていさつ》の技《わざ》は全部知っているのだ。

男は川岸から道路をわたってもどってきて、右に曲がり、大きなアパートがならぶ通りに入った。

男がアパートのどれかに入ったら、見つからずに偵察をつづけるのはむずかしい。でも、男はアパートには入らなかった。そこを通りすぎて、小さな共同住宅《じゅうたく》の家が集まっている袋小路《ふくろこうじ》に入った。そこではどの家も四つの部屋にわかれていて、一階と二階に二部屋ずつある。それぞれの部屋に直接《ちょくせつ》外に出るドアがあって、二階に住む人は建物の横にあるコンクリートの階段《かいだん》を使う。

ぼくは交差点の物陰《ものかげ》にかくれたまま見はっていた。男は三軒目《けんめ》の家の通路に入った。一階の部屋に行くんだ。

男の姿《すがた》が見えなくなり、部屋の明かりがともった。

もよう入りのうすいカーテンが窓《まど》にかかっている。カーテンはしまったままだ。

ぼくは袋小路に入っていき、その家のむかい側に立った。

男のことは見えないけど、男の影《かげ》が動いているようすはカーテンごしにわかった。

家の庭はゴミだらけで、家の横の通路は暗くて不気味だった。
殺人犯《さつじんはん》がかくれるのにうってつけの家だ。

㉛ 夜のお客さん

家にもどると、母さんがキッチンにいた。

「どこに行ってたの？」母さんがきいた。

「お店に母さんをさがしにいってた」

悪意のない小さな嘘《うそ》をついたけど、いやな気持ちにはならなかった。犯罪捜査《はんざいそうさ》をしているときは、無実の人を守らなくてはいけないときがあるんだ。

トニーがキッチンに入ってきた。母さんのうしろで、口をチャックでとじる手ぶりをした。〈キズガオ〉につかみかかられた話をするなという意味だ。トニーは冷蔵庫《れいぞうこ》からラガー・ビールをとりだして、居間《いま》にもどった。

ぼくは母さんのそばによった。母さんはチーズサンドイッチをつくっていた。

「宿泊所《しゅくはくじょ》の警備員《けいびいん》が母さんに話しかける前、川岸にいたのを見たんだ」ぼくは言った。

「あの人は、死んだコリンさんのことを知ってたの？」

母さんは持っていたナイフを手からはなし、さっと戸口のほうを見た。トニーに聞かれるのをおそれているんだ。

「言ったでしょ」母さんはひそひそ声を出した。「スティーヴンには近よっちゃだめ」

「どうして？　あぶないから？　どういう人か知ってるの？」

母さんは両手で顔をおさえて、首を横にふった。

「ああもう、どうしたらいいの」とつぶやいた。母さんは両手をおろすと、ぼくの顔を見た。「キーラン、お願いだから今は忘《わす》れて。言うべきときが来たら全部話すって約束するから」

それを聞いたら、よけいに真実を知りたくなった。

母さんが話そうとしている「全部」って、何だろう？

サンドイッチとミルクを入れたコップを持って自分の部屋に行くように言われた。ひとりになるのはかまわなかった。捜査の進展《しんてん》のためにとりくむべき作業がたくさんある。

今のは、突然《とつぜん》いろんなことがおこって、しっかりしなくてはいけないときに言う、形式的な言いかただ。

ぼくは、ノートに何もかも書いた。それから顔に傷《きず》のある男がニット帽《ぼう》をかぶっている絵と、スティーヴンさんの顔のアップを描《か》いた。

ジーンさんは〈キズガオ〉の外見を説明するのがうまかったのだ。ぼくが最初に描《か》いた似顔絵《にがおえ》はとてもよく似ていた。本物のほうがずっときたならしくて、傷《きず》がもっと大きく見えたけど。

つぎに、〈キズガオ〉の住んでいる共同住宅《じゅうたく》の家を描いた。庭のゴミも何もかも描いた。実際《じっさい》の現場《げんば》とそっくりに描かないと、重要な証拠《しょうこ》を見落としてしまうかもしれないから。

そのあとはすることがないから、ベッドに入って眠《ねむ》るしかなかった。

体はつかれていたけど、頭は起きていて、興奮《こうふん》したサルのように飛びはねていた。頭のなかでいろんな考えが、まるで競技場《きょうぎじょう》のトラックにいるみたいに走りまわっていた。

ぐるぐる、ぐるぐる。殺人者。ぐるぐる、ぐるぐる。スティーヴンさん。ぐるぐる、ぐるぐる。トニーが母さんを傷つける……。

寝《ね》ている最中に、目がひとりでにぱっとひらいて、きゅうに目が覚めた。夜にベッドの横においている、腕時計《うでどけい》の小さなライトのボタンをおした。３：04ａｍだ。

寝室《しんしつ》の窓《まど》の外で、話し声が聞こえた。ぼくはベッドを出て、カーテンのあいだからこっそりのぞいた。家の前に、フードをかぶった男がふたり立っていた。

ふたりで家を見ながら話しつづけていて、これから何かをするかどうか決めようとしているみたいだった。

ぼくはパニックになりそうだった。母さんとトニーを起こしたほうがいいのかまよった。もし男たちが銃《じゅう》を持っていて、家にしのびこんできたらどうしよう。トニーとライアンが寝ているところを撃《う》ち殺《ころ》すかもしれない。それだけならかまわないけど、その場合はぼくと母さんも撃ち殺されるにちがいない。

トニーは口をチャックでとじるしぐさをした。だから、ぼくは何を見ても、黙《だま》っていないといけない。

ぼくは部屋のドアまで行って、ほんの少しだけあけた。

勝手口のドアをノックする音がした。口から心臓《しんぞう》が飛びでそうになった。ドン、ドン、ドーン！　昼間よりもずっと大きく聞こえる。

母さんの部屋のドアがひらく音がした。トニーが出てきた。ジャージのズボンだけはいている。野球のバットを持っている。

トニーがそっと階段《かいだん》をおりていくと、母さんが部屋のドアからのぞいた。ガウンの前をあわせて持って、ふるえている。

「誰《だれ》なの？」ぼくはきいた。

「知らない」母さんの目が顔のなかで大きく黒く見える。目のまわりの化粧《けしょう》がぼやけている。

「ベッドにもどんなさい」母さんがささやいた。「トニーが見にいってくれてるから」

母さんはドアをしめた。

ぼくはベッドに入らなかった。ドアのそばに立って、耳をすました。トニーが勝手口のドアの鍵《かぎ》をまわす音がした。

ぼくは、トニーのバットで頭をなぐられた男たちのさけび声や悲鳴が聞こえるのを待った。

「何時だと思ってるんだ？」トニーが言った。

べつの、低い声が何か言うのが聞こえた。

「がまんできなくたって知ったことか、くそが（ピーッ！）。八時以降《いこう》には来るなと言っただろ」トニーが言った。

さらに声が聞こえ、がそごそ動きまわる音がした。トニーが階段《かいだん》の下の物置に入るのが聞こえた。やがて、トニーは二階にもどってきた。

ぼくはあわてて自分のドアをしめた。

トニーは自分の部屋にもどった。そのあと、母さんとトニーがけんかをはじめた。

ぼくはもう、ふたりがけんかをやめるように祈《いの》らなかった。一度も祈りが通じたことはなかったから。

「いったい何なのよ?」母さんがさけんだ。「トニー、ここでやっかいなことになってほしくないの」

ドシンバタンと音がしたあと、母さんが声をあげて泣きだした。

ぼくはティッシュを耳につめて、まくらを頭にかぶったけど、それでも音が聞こえた。

(トニーが母さんを傷《きず》つけませんように。トニーが母さんを傷つけませんように)

そう言うだけでも、母さんのために何かをしている気になった。

そう言っているあいだに、母さんがすでに傷つけられているとわかっていたけど。

母さんはいつもあとで泣いたけど、トニーに怒《いか》りをぶつけかえすことはなかった。

㉜ けんか

夜中に長いあいだ起きていたにもかかわらず、朝はいつもの時間に目が覚めた。なぜかというと、どの人間の脳《のう》にも特別《とくべつ》な時計が組みこまれているからだ。目覚ましをセットしなくても、体内時計が起こしてくれる。

体内時計は科学的に正しく言うと、「概日《がいじつ》リズム」だ。

概日リズムを持っているのは、人間だけではない。植物やほかの哺乳類《ほにゅうるい》にもある。これは光に関係があって、北極圏《ほっきょくけん》の動物は日がのぼったりしずんだりする時期だけ、概日リズムを持っていることを、科学者たちがつきとめた。だから、概日リズムは本当は太陽と関係があるのだ。

陸軍では、捕虜《ほりょ》から情報《じょうほう》を得ようとする場合、目かくしをする。しばらくすると、捕虜は明るいのか暗いのかわからなくなって、体内時計のスイッチが切れてしまう。すると、捕虜は何時だかもわからず混乱《こんらん》して、本当のことを白状《はくじょう》するのだ。

陸軍は警察《けいさつ》以上にやりたい放題だ。警察は、ある人が犯罪《はんざい》を犯《おか》したことを知っていても、その人から情報を得るために、陸軍のようなやりかたをしてはいけないのだ。もし銃《じゅう》で誰《だれ》かを撃《う》った人のことを、警察官が撃った場合、その警察官が正しかったかどうか、取り調べがおこなわれる。めちゃくちゃだ。

ぼくの体内時計はよくできている。起きるのに目覚まし時計を使ったことがない。ライアンの体内時計はぜんぜんだめだ。いつもお昼近くになるまで起きてこない。

科学者が知らなかったり調べられなかったりすることは、ほとんどない。でも、科学者は世界のすべてについて知っているわけではない。目で見るか、計算したりして計らないと、事実だと信じない。

重要なことでも、科学者が理解《りかい》したり計ったりできないことはたくさんある。たとえば、人がおたがいのことをどのくらい好きなのかとか、どうして好きになるのかとか。また、どうして好きでなくなるのかとか。それから、犯罪を捜査《そうさ》しているときに、どうすると勘《かん》が働くのかとか。

そういうことは実験で証明《しょうめい》できないけど、本当にあることなのだ。「好き」については、よくわからないけど。母さんやおばあちゃんを喜ばせるために、とにかく言わないといけない場合もあるから。

ラウリーは感情《かんじょう》について、どんな科学者よりもよく知っていた。あのアインシュタインよりもだ。

ラウリーは証明《しょうめい》するために実験する必要がなかった。

ただ五色の絵の具を使って絵を描《か》いて、感情をつくりだしたのだ。

ラウリーの絵を見ると、心が痛《いた》くなる。


家のなかはとても静かだった。

朝早く自分だけ起きていて最高なのは、静かなことだ。母さんは泣いていない。トニーはどなっていない。ライアンのXbox《エックスボックス》はやかましい音をたてていない。

今日はいい日になる。

おばあちゃんにまた会いに行く日なのだ。そして、もうすぐ何もかもふつうにもどるんだ。

ぼくはベッドにすわって、ノートをじっくり見た。書きとめた証拠《しょうこ》が整理されてならんでいる。殺人事件《じけん》を絶対《ぜったい》に解決《かいけつ》できる自信がわいてきた。

かばんにノートと、それからスケッチブックをしまった。マーティン・ブラントからもらった写真と手紙も入れた。おばあちゃんに見せたら、きっと喜ぶと思う。

ブタの貯金箱《ちょきんばこ》に残っていた何枚《まい》かのコインを全部出して、母さんからもらった三ポンドといっしょにポケットに入れた。

家を出る前に、ビスケットを少しとパンをふた切れ、キッチンペーパーに包んで、あとで食べるためにかばんに入れた。それからペンをさがした。自分のは部屋においてきてしまったから。

キッチンの引き出しにも棚《たな》の上にも、見あたらなかった。

カウンターにあった母さんのバッグをのぞくと、横のポケットにつっこんであるのが見えたから、手をのばした。

ペンを引っぱりだしたとき、いっしょに誕生日《たんじょうび》カードがとちゅうまで出てきた。うしろにもう三、四枚ある。二枚はレーシングカーの絵がついていて、そのほかのは風船やケーキの絵だ。

ぼくは最初の一枚をひらいた。それからほかのを全部見た。

どのカードにも同じことが書いてあった。

キーランへ
お誕生日おめでとう

スティーヴンおじさんより、心をこめて

ぼくは舌《した》が腫《は》れて、からからにかわいた感じがした。

わけがわからない。ぼくには、スティーヴンおじさんなんていない。それに、どうして母さんは古いカードをバッグに入れておいたんだろう？

ぼくはカードを一枚《まい》とって、自分のかばんに入れた。どうしてそうしたのかわからないけど、いけないことをしたわけじゃない。ぼく宛《あ》てのカードなのだから。

勝手口のドアの鍵《かぎ》をあけて、庭に出た。お日さまが照《て》っていて、空が青い。まだとても寒かった。

ぼくは太陽に顔をむけて、あたたまるのを待った。トカゲのように。

小鳥がさえずっていて、ぼくはおばあちゃんに見せたいものを全部持っていた。

すばらしい気分だ。

まだ学校に行くには早すぎたから、川岸に行って、しばらくベンチにすわり、川をながめた。日差しをあびて、水が波打ったりおどったりしている。

オオバンたちはめちゃくちゃないきおいでもぐっていた。おでこの白い涙《なみだ》のしずくは、オオバンが何をしても絶対《ぜったい》にきたなくならない。

カナダガンがかっこつけていたけど、それでもぼくは好きだ。カナダガンはスピードを出して水面すれすれを飛んでから、すうっとすべるように止まる。ほかの鳥はみんな、どかないといけなかった。

カナダガンは自分たちが最高だと思っている。どうしてわかるかというと、いつもグループになって泳ぎ、くちばしを高々と持ちあげているからだ。

顔をあげると、男のランナーが走ってきた。

「おはよう」その人が言った。

「おはよう」ぼくはこたえた。

ぜんぜん知らない人だったけど、あいさつをかえすといい気分になった。ぼくは朝早い人たちのほうが、夜おそい人たちより好きだ。

誕生日《たんじょうび》カードをとりだして、二回見かえした。スティーヴンという名前の人はひとりしか知らないし、その人は……

やめろ！　ぼくの頭がさけんだ。めちゃくちゃだった。

ぼくはおばあちゃんに会いに行くことと、コリンさんの殺人事件《じけん》を解決《かいけつ》することに集中しないといけないのだ。

「今日はきげんがよさそうね、キーラン」クレーン先生が休み時間の直前に言った。

ぼくはほほえんだけど、理由は言わなかった。

今日は授業《じゅぎょう》までおもしろかった。一時間目は国語だった。ぼくたちは『蠅《はえ》の王』の登場人物のひとりになって、無人島にいるつもりにならないといけなかった。

ぼくはピギーになることにした。ぼくの物語では、ぼくは島の呪《まじな》い師《し》がつくった飲み薬を見つける。それを飲むと、強くて勇敢《ゆうかん》になり、眼鏡《めがね》をかけなくてもよくなる。

ぼくは、ぼくをいじめていた少年たちをひとりのこらずつかまえる。ほかの少年たちにリーダーになってほしいとたのまれて、いいよ、とこたえる。そして本に出てくるジャックとラルフというういじめっ子をみんなでつかまえて、RSPCA《アールエスピーシーエー》の人たちがタイソンを入れたようなケージにとじこめる。

ふたりにはやっと生きていられるだけの食べ物と水をあげて、これからどうするか、みんなで話しあうことにした。

そこでクレーン先生が、もう休み時間だからやめましょうと言ったから、みんなでいじめっ子たちを槍《やり》でつつくおもしろいところまで行きつかなかった。

夢中《むちゅう》で書いていると、こんなふうに時間があっというまに過《す》ぎてしまうんだ。

休み時間のあとは美術《びじゅつ》だった。ぼくは海の景色《けしき》を描《か》きおわり、ベントリー先生が絵をまるめて輪ゴムでとめてくれた。

ぼくが持ちかえれるように、クレーン先生が帰りに絵をとってきてくれることになった。ぼくは絵を病院に持っていって、おばあちゃんにあげようと思った。退院《たいいん》したら、家にかざってくれるかもしれない。いろんなことが、うまくおさまっていく感じがした。

今日はカーワナが学校に来ていなかったから、昼休みにいっしょにすごせなかった。図書館のパソコンがあいていたから、使うことができた。インターネットのウェブサイトで病院の正確《せいかく》な住所を見つけて、メモをとった。

午後はフランス語と保健だった。ぼくはフランス語の単語を全部正しく発音した。保健の時間では先生が、薬物をすすめられたことのある人はいますかときいたから、手をあげた。本当にあるからだ。橋の下で、一度。メドウズに引っこしてきたばかりのころ。クラスの何人かの人たちが、ぼくの言うことを信じていないように、げらげら笑った。〈キズガオ〉と殺人事件《じけん》のことを知ったら、そんなふうに笑わないだろう。

ベルが鳴ったとたん、ぼくはかばんをひっつかんで、椅子《いす》をうしろにやった。

「今日の誰《だれ》かさんは、ずいぶん急いでいるのね」とクレーン先生が言った。

ぼくは歩いて、走って、川岸まで行った。吸入器《きゅうにゅうき》を使いたくなりもしなかった。

ジーンさんがすぐ出かけられますように。そうしたら、キャッスルマリーナ・ショッピングセンター経由《けいゆ》のマンスフィールド行きのバスに乗れる。

木々が生えているところまで来たとき、川岸でふたりの人がけんかしているのが見えた。背《せ》の高いほうの人が、もうひとりの人の首に腕《うで》を巻《ま》きつけて、頭をなぐりつけた。

川岸のけんかはおもしろいはずなのに、ぜんぜんそう思わなかった。体がふるえて、吐《は》きたくなった。トニーが母さんにかっとなっているときのように。

背の高い男は、もうひとりの人を引っぱったりおしたりした。まちがいなく、けんかに勝っていた。

ぼくはジーンさんの姿《すがた》をさがした。ベンチのそばに、ジーンさんのショッピングカートとゴミ袋《ぶくろ》があった。

もう少し近づいて、けんかしているふたりをよく見た。

そのとき、はじめて気づいた。

ひとりは、ジーンさんだったのだ。

㉝ ぬすまれた

ぼくは川岸にむかって走った。

「警察《けいさつ》だ！」とさけんだ。

警察はいなかったけど、そうさけぶのは正しいことだった。なぜなら、男はジーンさんから手を放し、左右を見まわしたからだ。男の目はぎらついていて、長い髪《かみ》は顔にぺったり貼《は》りついていた。

ぼくが使ったのは「はったり」という技《わざ》だ。

学校では、誰《だれ》かが「けんかだ！」と言うと、みんなは本当にけんかがあるかどうか確《たし》かめずに、校庭に走って見に行く。一度、カールトン・ブレークがけんかなんかないのに、そうさけんで、みんなが走っていくと、げらげら笑った。

ジーンさんは鼻から血を流し、手をけがしたみたいにおさえていた。

「助けて」

弱々しい声で、今にも気絶《きぜつ》して川に落ちそうに見えた。

「ジーンさんから離《はな》れろ」ぼくは男にむかってさけんだ。カーワナの強くて勇敢《ゆうかん》な声をまねした。

「失《う》せろ、くそ（ピーッ！）」男は犬のようなうなり声をあげた。

こっちへ一歩、足をふみだした。

「てめえ、あのくそチビじゃねえか（ピーッ！）」男はきのう、うちでぼくを見たことを思いだしたんだ。

男がふりむいたとき、顔の傷《きず》が見えた。

「おまえだな！」ぼくはさけんだ。

すると、男は逃《に》げだした。ぼくが男を知っていることがわかって、こわくなったんだ。

ぼくは男の家も知っている。

でも男は、ぼくが家を知っていることまでは知らない。

ぼくはジーンさんをベンチまでつれていって、すわらせた。

「あいつだよ」ジーンさんは息を落ちつかせようとしている。「あいつが……コリンを……」

「知ってます。あいつが誰《だれ》かも、どこに住んでいるかも。ぼくは刑事捜査《けいじそうさ》をしていたんです」

ぼくはかばんからティッシュを出して、ジーンさんの鼻におしあてた。

「手を骨折《こっせつ》してるといけないから、病院に行ったほうがいいです」

ジーンさんはしくしく泣きだした。ぼくは胃《い》がすっかりねじれてしまった感じがした。ジーンさんがこんなふうに泣くのを見たことがなかった。ジーンさんはタフで強いのだ。こんなジーンさんは、ジーンさんらしくない。

「あいつが息子《むすこ》の指輪を持っていっちゃったんだよ」ジーンさんが泣いた。

手を上にあげて、指輪がなくなっているのを見せてくれた。ジーンさんはいつも中指に小さなソブリン金貨《きんか》の指輪をはめていた。息子の指輪だ。バイク事故《じこ》で死んだときに、はめていたのだ。

「あいつはいきなり指輪をもぎとったんだよ。持っていかないでってお願いしたのに、聞いちゃくれなかった」

ジーンさんは泣きやむことができなかった。

「これからいっしょに、おばあちゃんのところに行きますか?」ぼくはきいた。

ジーンさんにはぼくの言葉が聞こえていないようだった。両腕《りょううで》で肩《かた》をかかえこみ、体を前へうしろへとゆらしている。

「今出発しないと、バスに乗りおくれます」

ジーンさんは聞いていない。

ぼくはしばらくとなりにすわっていた。どうしたらいいかわからなかった。

「ジーンさん、指輪をとりもどします。約束します。ぼくはもう行かなくちゃ」

通りに出る前に、ジーンさんのほうをふりかえった。まだ体をゆすって泣いていた。

ぼくは大通りを歩いて、バス停で待った。デジタル表示によると、マンスフィールド行きのバスはあと四分で来る。おばさんがひとり、先に待っていた。

「今日は寒いわね」と、おばさんが言った。

またつまらないマナーの技《わざ》を使わないといけない。

「はい」ぼくはこたえた。「お会いできてうれしいです」

おばさんはそれ以上話しかけてこなかった。

バスが来た。前のところに「マンスフィールド」と書いてある。おばさんが乗った。

バス停に先にいた人が先にバスに乗るというのがルールだ。たとえ、席ががらがらでも。

クレーン先生が社会技能《ぎのう》の時間に全部教えてくれた。

エレベーターを待つときも、同じルールだ。エレベーターのドアがあいたとき、なかがからっぽで、ふたりともじゅうぶん乗れたとしても、もうひとりの人を先に乗せてあげないといけない。

だから、ぼくはうしろにさがって、おばさんを先に乗せてあげた。

それからつぎに、バスに乗った。へんなにおいがしたから、ドアのところで立ちどまった。

「一日じゅう待ってられないよ」運転手が言った。

「アッシュフィールド地域《ちいき》病院にいるおばあちゃんに会いにいきたいんです」ぼくは言った。

「片道《かたみち》？　往復《おうふく》？」

「わかりません」

運転手はため息をついた。

「今日、帰ってくるの？」

ぼくはうなずいた。

「なら、往復券《けん》で二ポンド八十ペンス」

母さんにもらった三ポンドをわたすと、二十ペンス玉と券をくれた。

「その券は大事に持ってるんだよ。帰りの運転手に見せないといけないからね」

二階建てバスじゃなくて残念だった。てっぺんにすわれたら、ぼくが仕切っているみたいなのに。

ぼくはうしろのほうの席にすわった。4:45pmだ。券《けん》をノートにはさみこんで、かばんをとじた。

4:55pmに、通路をもどって、運転手のそばまで行った。

バスが動いているときに歩くのはむずかしいけど、思ったほどではなかった。通路に沿《そ》って銀色の手すりがずっとついているからだ。

「もうすぐですか?」ぼくはきいた。

運転手はへんな顔をした。

「じょうだんのつもりか? まだノッティンガムを出てもいないよ。つくのは、五時四十分くらいになるね」

「乗りすごさないか、心配なんです」

「やれやれ、いいからすわって。ついたら教えるから」

ぼくはさっきの椅子《いす》までもどった。いったん気持ちが落ちつくと、バスから外の景色《けしき》を見るのは最高だった。何でも見える。地名の表示《ひょうじ》を見れば、だいたいどのへんにいるのかわかる。

バスはボルウェール、ハックナル、ニューステッドという場所を通った。大きな輪っかのような巻揚《まきあ》げ機《き》を見ることもできた。そこは閉鎖《へいさ》されたアンズリー炭鉱《たんこう》の跡《あと》で、巻揚げ機は石炭や人間をのせたケージを上げ下げするために使われていたんだ。

もしラウリーがこのへんに住んでいたら、きっと立《た》て坑《こう》の大きな巻揚げ機と、そのまわりを動きまわる炭鉱《たんこう》労働者たちの絵を描《か》いたと思う。

ニューステッド・アビーの門も見えた。昔、バイロン卿《きょう》がここに住んでいたことがある。バイロン卿は有名な詩人で、おばあちゃんの話では、ご婦人《ふじん》がたに、もてたのだそうだ。

ぼくはかばんに入れていたパンをひと切れとビスケットを少し食べた。

それからバスはカークビーとサットンを通った。貯水場《ちょすいじょう》が見えた。貯水場にはカモがいたけど、トレント川みたいな長さはぜんぜんなかった。人間がつくった巨大《きょだい》な池という感じだった。

「つぎのバス停が病院だよ」運転手が大声で言った。

ぼくのほかに乗客はふたりしかいなかった。ふたりとも、運転手が誰《だれ》に話しかけたのかと思ってふりかえった。

ぼくは、おばあちゃんに会いに行くと説明したくなったけど、クレーン先生に、自分の用事を知らない人に話してはいけない、ちょっとへんだと思われるから、と言われている。でも、知らない人に話しかけられたときは、礼儀《れいぎ》正しくこたえないといけない。ルールって、めちゃくちゃだ。

「ありがとうございました」ぼくは運転手に言った。

バスをおりて、病院の建物へとつづく、敷地内《しきちない》の大きな車道を見つめた。建物はどれも巨大《きょだい》だった。あたりは標識《ひょうしき》だらけなのに、「6B病棟《ビーびょうとう》」と書いてあるのはひとつもない。車道は長かったけど、「受付」という標識をたどっていった。受付とは、はじめての場所で何かききたいときにかならず行く場所だ。

ぼくは大きな机《つくえ》の前まで行った。広い部屋のなかは照明《しょうめい》が明るくてあたたかかった。あたりには人がおおぜいいて、歩いたりすわったりしている。ぼくがなかに入ると、顔をあげた人もいれば、本を読みつづけたり、黙《だま》って床《ゆか》を見つめたりしている人もいた。

「こんにちは。どうなさいましたか?」机にいた女の人が言った。

笑顔だけど、本物ではない。ボスに笑顔をつくれと言われたからやっているみたいだった。

「おばあちゃんに会いにきました。名前はグラディス・クレメンツで、6B病棟にいるって、クレイグ先生がジーンさんに教えてくれました」

女の人はぼくの顔を見た。

「おとなの人といっしょですか?」

「いいえ。ひとりでバスに乗ってきました」

女の人はどうしようか考えているように、ペンで机をコツコツたたいた。

(これじゃあ、だめだ。これじゃあ、だめだ)

ぼくは、いけないことをした。

「母さんがあとから来ます。ぼくが先に6B病棟の場所を調べて電話することになっているんです」

女の人はにっこりした。今度はちゃんとした笑顔だ。

「わかりました。それなら、そこの廊下《ろうか》をまっすぐ行って、右に曲がって、もう一度右に曲がってください。左側の三番目のドアです」

㉞おばあちゃんを見つける

ぼくは道順を頭のなかでくりかえしながら歩いた。

受付の女の人が教えてくれたときは、すぐに行きつけそうな気がした。だけど、廊下《ろうか》はめちゃくちゃ長かった。最初の廊下を歩くだけで、ものすごく時間がかかった。右に曲がるとまた大きな長い廊下だった。

前に、なんと病院に住んでいた男がいたんだ。テレビのニュースでやっていた。いろんな場所へしょっちゅう移動《いどう》していたから、誰《だれ》も気づかなかったみたいだ。それで何週間も病院で暮《く》らしていた。

それを見たとき、母さんはこう言った。

「そんなバカな。誰かが気づくに決まってるじゃないの」

でもこうして歩いていると、病院でこっそり暮らすのはかんたんそうだった。病院は巨《きょ》大《だい》で、廊下によっては、歩いていても誰にもすれちがわないのだ。

ぼくは立ちどまり、目の前の両開きのドアをじっと見つめた。「6B病棟《ビーびょうとう》」と表示《ひょうじ》されている。

ぼくは動けなかった。

こわかったし、うれしかった。心配でもあり、満足でもあった。

頭のなかで、夜、母さんがトニーとライアンといっしょにいるあいだ、ずっと自分の部屋にいなくてはいけないのがどんな感じか、思いかえした。土曜日の夜、おばあちゃんの家で、いっしょにテレビを見ながらおやつを食べていたことを思いかえした。

ドアがあいて、おじさんがワゴンをおしながら出てきた。紺《こん》の制服《せいふく》を着て、「ポーター」と書かれた名札《なふだ》をつけている。

ぼくはドアがしまる前に通りぬけようとした。

「悪いね。ただ入ろうとしても、だめなんだ。ベルを鳴らさないとね」

おじさんは廊下を歩きさりながら、口笛を吹《ふ》いている。自分の仕事を気に入っているみたいだ。ワゴンをおしてまわっているだけなのに。

ぼくはベルをおした。

返事はなかった。

もう一度おした。

「6B病棟《ビーびょうとう》です」インターホンから声がした。

「キーラン・ウッズです。おばあちゃんに会いにきました」

「入院している方のお名前を教えてください」

「グラディス・クレメンツです」

「お待ちください」

ドアがあいて、看護師《かんごし》さんが顔をのぞかせた。

「グラディス・クレメンツさんはご親戚《しんせき》ですか？」

「ぼくのおばあちゃんです」

「あなたの年齢《ねんれい》は？」

「十六歳《さい》です」

（嘘《うそ》をつくのは悪いことだ。嘘をつくのは悪いことだ）

看護師さんはドアをあけて、ぼくを通してくれた。

「ご家族がいるとは思わなかったわ。今まで誰《だれ》も面会に来なかったから」

ぼくは看護師さんといっしょに病棟の奥《おく》に入った。四つの広い区画が、まんなかのせまいスペースにつながっている。ぼくはいちばん奥の区画につれていかれた。

そこにはベッドが六台あった。ベッドにいる人のなかには、面会者が横にすわっている人もいた。

「グラディスさん、びっくりされますよ」看護師さんがにこにこしながら言った。「ほら、お客さんです」

看護師さんはカーテンを引いた。

そこにいた人は、おばあちゃんに見えなかった。

ぼくは一歩あとずさった。

「だいじょうぶよ」看護師さんが言った。「ちょっとこわく見えるかもしれないけど、チューブを入れてるだけだから」

ぼくを見ると、おばあちゃんの目は大きくひらいて、きらきら光る涙《なみだ》でいっぱいになった。

鼻と口には透明《とうめい》なプラスチックのマスクがかぶせてあった。チューブが両腕《りょううで》についていて、鼻のなかにも入っている。

マスクやチューブを通りこして見ると、おばあちゃんが見えた。そういうものの奥にいるのは、いつものおばあちゃんだった。

ぼくはおばあちゃんのほっぺたにさわった。前と同じように、やわらかくてあたたかかった。淡《あわ》い青色の目から涙が流れていたけど、うれしそうだった。

わきにあった箱からティッシュをとって、おばあちゃんの目をふいてあげた。わからないくらい、そっと。

手にさわって、チューブがささっていない場所を見つけた。おばあちゃんの手はやせほそっていて、まるでティッシュをのばして鳥の骨《ほね》に巻《ま》いたみたいだった。

となりにすわって、しっかり手をとると、わずかににぎりかえしてくれた。だいじょうぶよ、と言っているんだ。

ぼくは話をはじめた。

おばあちゃんが喜んでいるのがわかる。頭をまくらにゆったりしずめ、目をつぶった。話をずっと聞いているのがわかったのは、ときどき目を大きく見ひらいたからだ。たとえば、コリンさんの死体を見つけたときや、RSPCA《アールエスピーシーエー》がタイソンをつれていった話をしたときに。

ぼくはおばあちゃんに、これまでおこったことをほとんど全部話した。

でも、トニーが母さんを傷《きず》つけたことや、男がジーンさんをなぐったことは言わなかった。病気の人と話す前には、何を言ったら相手を心配させてしまうか考えるようにと、社会技能《ぎのう》の時間に習ったのだ。

スティーヴンさんが宿泊所《しゅくはくじょ》の警備員《けいびいん》で、母さんとしゃべっているところを見たという話をしたら、おばあちゃんはなぜか、ちょっとほほえんだ。

「母さんは何も教えてくれないんだ。そのときが来るまで待ってないとだめだって」

ぼくはかばんから誕生日《たんじょうび》カードを取りだして見せた。字が見えるように、カードをひらいた。

おばあちゃんはさっと目をとじてひらいたけど、まばたきよりは長くて、まぶたがまたぬれているみたいだった。悲しそうにまたちょっとほほえむと、ぼくの手を一瞬《いっしゅん》ぎゅっとにぎった。

おばあちゃんがぼくの知らないことを知っている気がした。そのうちに何もかもだいじょうぶになると思っているふりをしているみたいだった。

マーティン・ブラントの話をしたら、おばあちゃんは何度もぼくの手をにぎりしめた。ぼくが大ファンなのを知っているからだ。誰《だれ》かのことをよく知っていると、よその人ではわからないようなことがわかるんだ。

「おばあちゃんのために学校で海の景色《けしき》を描《か》いたから、退院《たいいん》したらあげる。今日は持ってくるのを忘《わす》れちゃった」

看護師《かんごし》さんがやってきた。

「面会時間はおしまいよ」

「帰りたくないです」ぼくは言った。

おばあちゃんはぼくの手をぎゅっとにぎって、まばたきをした。行っていいよ、と言っているんだ。

ぼくはおばあちゃんのおでこにキスした。これまでの人生でぼくがキスしたいと思った人は、おばあちゃんと母さんだけだ。

「いつ退院《たいいん》できるんですか?」病棟《びょうとう》のまんなかの部分にもどったとき、ぼくは看護師《かんごし》さんにきいた。

「重い病気だったのよ。それで心臓《しんぞう》の大きな手術《しゅじゅつ》をして、だんだんよくなってきたところなの。あと二日もすれば、チューブを全部はずせるはずよ」

ぼくは廊下《ろうか》をもどっていった。二回、迷子《まいご》になった。

病院内の車道を歩いていって、来るときにおりたのと反対側のバス停で待った。三十分くらいすると、行き先に「ノッティンガム」と書いたバスが来た。ぼくは運転手に券《けん》を見せて、席についた。

心のなかがへんな感じだった。自分ひとりで何もかもうまくできたことには満足していた。でも、おばあちゃんが重い病気で、ずっとひとりぼっちでいたことは悲しかった。

おばあちゃんのことがとてもほこらしかった。体は小さいのに、心のなかは強い。心臓がこわれてしまったけど、治りかけているんだ。
ぼくの感じているこのすばらしい気持ちは、科学者には証明《しょうめい》できない。
この気持ちは、世界じゅうの何よりも、確《たし》かに思えた。

㉟ 秘密《ひみつ》

バスをおりると、すぐに川岸に行って、ジーンさんをさがした。

でも、いなかった。

ジーンさんが宿泊所《しゅくはくじょ》に行っているといいな、と思った。ひとりで泣きながらさまよって、息子《むすこ》の指輪をさがしていないといいな、と。

川岸は暗くて静かだった。「うすきみわるい」という言葉は形容詞《けいようし》だ。形容詞は名詞を修飾《しゅうしょく》する。「うすきみわるい川」。

形容詞を使うと、学校で物語を書いたときにいい点数がもらえる。

ぼくは腕時計《うでどけい》を見た。９：45ｐｍ。以前はこんなにおそくまで外にいてはいけなかった。フルタイムで働く前は、母さんはぼくの門限《もんげん》にもっときびしかった。今はぼくがいつ帰ったのか、ぜんぜん気づいてもいないみたいだ。

家にもどる前に、ぼくは団地《だんち》の反対側まで行って、〈キズガオ〉の家が見える角《かど》へこっそり近づいた。部屋の明かりがついていた。

明日の夜、もう少し早い時間にまた来て、男が出かけているかどうか確《たし》かめることにした。

家にむかうとちゅうで、少し離《はな》れた通りで若者《わかもの》たちがさけんでいるのが聞こえた。ぼくはべつの通りに入るたびに立ちどまって、誰《だれ》もいないか確かめた。

まるでゲームをしているみたいだけど、これは現実《げんじつ》だ。つかまったら、ひどいことをされる。

ぼくの大事なものは全部このかばんに入っている。ほかの人には何の意味もないものばかりだけど、不良たちに見つかれば、うばわれてこわされる。そのできごとは、警察《けいさつ》の犯《はん》罪《ざい》マップの新しい丸印になるだけだ。このへんの若い人たちが、どうして人にそういうことをしたがるのか、ぼくにはわからない。

昼間は、団地の通りはわりと安全だ。でも、夜になると変わってしまう。まるで、暗くなると、べつのルールがあてはめられるみたいだった。

ぼくは自信を持って歩きつづけた。カーワナのように。この街はぼくの街でもあるんだ。悪いやつらのものだけじゃない。

家につくと、そっとしのびこもうと、勝手口のドアの取っ手をゆっくりまわした。

鍵《かぎ》がかかっていた。

胸《むね》のなかに、パニックの泡《あわ》がわきあがった。

とても寒かった。外で寝《ね》たら、凍《こご》えて死ぬかもしれない。

そうしたら、誰《だれ》がジーンさんを助けられる？　誰が母さんに、おばあちゃんが入院していることを伝えられる？

ぼくの手が勝手に動いた。頭は「だめだ！」と言っているのに。

ぼくは勝手口のドアをたたいた。

いつものようにテレビの音が聞こえる。

六十まで数えた。つまり一分だ。

誰も来ない。

もう一回たたいた。

百二十まで数えた。つまり二分だ。

それから、窓《まど》をたたいた。

キッチンの明かりがついて、くもりガラスのむこうにトニーの姿《すがた》が見えた。

ドアがさっとあいて、トニーがぼくの耳をつかんで、なかに引っぱりこんだ。ぼくの耳は凍えていて、トニーが手を離《はな》さなければ、ちぎれてしまいそうだった。

自分がさけぶ声が聞こえた。べつの人の声みたいに聞こえた。

「どこ行ってたんだ、このくそガキが（ピーッ！）」

トニーはぼくの耳を離した。ズキズキ痛《いた》い。耳がまだあるかどうか、さわってみた。

トニーにドンとおされ、ぼくはキッチンの壁《かべ》に頭をぶつけた。

「こんなにおそいと思わなかったんだ」ぼくは言った。

トニーの息は酒くさかった。目は赤く血走っていて、体は汗《あせ》くさい。

（おまえは汗くさいブタだ）

ぼくは頭のなかでだけそう言った。それなら、トニーに何もされなくてすむからだ。

「きさま、おれを笑ってるのか、この――」

「トニー、あんたはこっちにもどってて。あたしがどうにかするから」母さんがトニーの腕《うで》をつかんだ。トニーのほっぺたにキスした。しかられないようにしてあげる、と言うように、ぼくに秘密《ひみつ》のウィンクをしてくれた。

「二階へ行け」トニーが耳もとでどなった。鼓膜《こまく》がやぶれるくらい大きな声だった。

ぼくはいちもくさんに階段《かいだん》に逃《に》げた。居間《いま》を通りすぎるとき、ライアンがＸ《エックス》ｂｏｘ《ボックス》の椅子《いす》から飛びあがって、ぼくのおしりを思いきり蹴《け》りつけた。

痛かったけど、声をあげなかった。二階にかけあがって部屋にとじこもった。

ぼくはアパートを見にいった時刻《じこく》をメモした。〈キズガオ〉がジーンさんを襲《おそ》ったようすをくわしく記録した。

病院のベッドで寝《ね》ていたおばあちゃんの絵を描《か》いた。チューブ類は全部うすく描いて、おばあちゃんの顔がよくわかるようにした。病院の廊下《ろうか》の地図も描いた。

誰《だれ》かがドアをノックした。こんなふうにノックするのは、母さんだけだ。

ぼくはおばあちゃんの絵に新しい紙をかぶせてかくした。母さんが部屋に入ってきた。

「あんたがだいじょうぶか、見にきただけよ」母さんはささやいて、ぼくのおでこにキスした。

「だいじょうぶ」ぼくはこたえた。「母さんのバッグからペンを借りたら、これを見つけたんだ」

ぼくはかばんから誕生日《たんじょうび》カードをとりだした。

母さんはハッと息を吸《す》いこんで、口に手をあてた。

数秒してから、その手をおでこにあてた。ぎゅっと目をつぶる。

「ごめんなさい、キーラン」母さんが言った。「こんなふうに知ってほしくなかった。このあいだ、あんたに見せようと思って、カードを全部バッグに入れておいたの。スティーヴンが宿泊所《しゅくはくじょ》で働いていることがわかって、あんたにもそろそろ話そうと思ってた。スティーヴンが送ってくれたカードは全部とってあるの、ひとつ残らず……でも、トニーが反対して――」

「ぼくには、おじさんがいるの？　母さんがお店の外で話してたのは、おじさんなの？」

ぼくは宿泊所にいたスティーヴンさんの顔を思いかえした。ぼくをはじめて見たときの顔や、ぼくが歩きまわるのをじっと見つめていたことを思いだした。

母さんはうなずいた。

「スティーヴンはあんたの父さんの弟よ」

㊱ 現場《げんば》をおさえる

つぎの日、カーワナが学校にもどっていた。

「お母さんとぼくは、きみの政府《せいふ》の人と話をしないといけなかったんだ」カーワナは静かに言った。「ぼくのお父さんのことについて」

カーワナはどの言葉も正しく言ったのに、それでも外国人らしいしゃべりかたに聞こえる。

ぼくにおじさんがいるというしい秘密《ひみつ》は、数分ごとに頭のなかに浮《う》かびあがってきていた。

母さんは、ぼくがそうしたければ、そのうちに学校の帰りにスティーヴンさんと母さんと三人でコーヒーを飲みにいってもいいと言った。

「スティーヴンさんと、父さんのことについて話したい」とぼくは言った。

でも、この話はまだほかの人にする気にはなれなかった。

カーワナには、おばあちゃんが入院している話をした。

「おばあさんのご病気はとてもお気の毒だね」とカーワナが言った。

昼休みにふたりで校庭を歩きまわっていたとき、ぼくはジーンさんが〈キズガオ〉に襲《おそ》われた話をした。

「〈キズガオ〉は指輪をぬすんで売るつもりかもしれない」カーワナが言った。「クスリを買うために」

「クスリ?」

カーワナはうなずいた。

「ウガンダではそうだった。クスリを買いたい人は、どんなことでもする。おばあさんを襲うことさえある」

「ぼくは今晩《こんばん》、あいつの部屋を見に行くんだ。何かわかるかもしれないから」

「〈キズガオ〉はまだ指輪を持っているかもしれない」カーワナが言った。「きみがさがすのを手伝うよ」

ぼくはカーワナの顔を見た。

どうしようか。

ぼくはふつう、知りあったばかりの人を信用しない。それに、部屋のなかをさがすと考えただけで、吐《は》き気《け》がしてきた。しかも〈キズガオ〉がいないときにしのびこんだら、法《ほう》律違反《りついはん》になるかもしれない。むこうが犯罪者《はんざいしゃ》で、こっちが刑事《けいじ》だとしても。

「ぼくはきみの友だちだ」カーワナはぼくが何を考えているのかわかったみたいだった。

「友だちは助けあう」

ぼくはポケットからいやらしいチラシをとりだした。

「ぼくが見せたことを誰《だれ》にも言わないって約束する？」ぼくは言った。

カーワナはチラシを見て、ぴかぴかの笑顔になった。

ヒューッと口笛を吹《ふ》いた。

「きみのお姉さん？」

「ぼくにはお姉さんはいないよ」

「とてもセクシーでいいね、キアロン」

ふたりとも笑った。

友だちがいるのはすばらしい気持ちだ。

ぼくはカーワナにチラシをあげた。カーワナはそれをポケットにしまった。

これでぼくたちは正式に親友になったんだ。

「今日は授業《じゅぎょう》になかなか身が入らないみたいね、キーラン」午後にクレーン先生が言った。

ぼくは集中できなかった。〈キズガオ〉の部屋に行くことばかり考えていた。

カーワナは川岸の場所を知っていた。カーワナはお母さんといっしょに川岸のうしろにあるアパートに住んでいた。

ぼくたちは7：30pmぴったりに川岸で待ち合わせることにした。遅刻《ちこく》はみとめない。

放課後、ぼくはすぐに川岸に行った。ジーンさんはいなかった。

宿泊所《しゅくはくじょ》に行って、スティーヴンおじさんに会いたかった。でも、わくわくすると同時に、こわいようなへんな感じもした。それに、どういうわけか頭のなかで「警備員《けいびいん》のスティーヴンさん」を「ぼくのスティーヴンおじさん」に変えることができなかった。頭がめちゃくちゃになっていく感じだった。

だから、家に帰って、〈キズガオ〉の部屋に手入れをする準備《じゅんび》をはじめることにした。

「手入れ」というのは、犯罪の証拠《しょうこ》をさがすために、警察《けいさつ》が人の家などを捜査《そうさ》することをいう。警察は「令状《れいじょう》」がないと、人の家のドアをやぶったり、むりやり入りこんだりしてはいけないことになっている。ぼくは令状を手に入れられないけど、どうして〈キズガオ〉の部屋をさがす必要があったか説明すれば、警察はわかってくれるだろう。

ぼくはトニーとライアンに気づかれずに、二階にあがることができた。

数分後、玄関《げんかん》のドアがバタンとしまった。

窓《まど》からのぞくと、ライアンがにきびだらけの友だちのリースとふたりで、通りを歩いていくのが見えた。ライアンはやっとゲームのステージを全部クリアしたんだ。つぎのゲームが出るまで、何年もかかりますように、とぼくは祈《いの》った。そうすれば、大きなテレビで一回は「CSI《シーエスアイ》：科学捜査班《そうさはん》」を見られるかもしれない。

夜にそなえて体をきたえるために腹筋《ふっきん》運動を何回かしたとき、玄関のベルが鳴った。

ぼくは自分の部屋のドアまで行って、耳をすました。トニーが勝手口のドアをあけて、誰《だれ》にだか知らないけど、裏《うら》にまわれとさけんだ。

頭のなかで、おりてみろという声がして、ぼくはそっと階段《かいだん》をおりた。

トニーはキッチンに入って、ドアをしめた。

はずだった。

でも、ちゃんとしまっていなかったんだ。

ドアはまだあいていた。ほんの少し。

ライアンがいないのがわかっていたから、ぼくは廊下《ろうか》をそっと歩いて、キッチンのドアに近づいた。すきまから何もかも見える。

ドアのむこうで、トニーの工具箱がキッチンの床《ゆか》に広げられていた。入っていたはずの工具はなくなっていた。あるのは何列もの小さなビニール袋《ぶくろ》で、なかには小さな石のようなものが入っている。

勝手口には男が立っていた。フードで、顔は見えない。男は折りたたんだお札《さつ》をトニーにわたした。ものすごい量だ。本物のレーシングカーが買えそうなくらい。

トニーは札束を数えると、小さな袋《ふくろ》をいくつかわたした。

トニーが勝手口のドアをしめると、ぼくはこっそり二階にあがろうとしたけど、玄関のしきものにつまずいてころんでしまった。トニーがキッチンから出てきて、立ちどまり、ぼくをじっと見おろした。

「いつからそこにいた？」

ぼくはこたえられなかった。海の音があまりにもうるさくて、脳《のう》がぐちゃぐちゃになって、言葉なんか出てこなかった。

トニーは怒《おこ》っていた。両腕《りょううで》をおろしたままだけど、両手はげんこつをつくっている。

トニーがこっちに近づいてきた。

「いつからだときいているんだ」声は静かだ。

ぼくはじっと動かなかった。息もしなかった。

トニーがさらに近づくと、口が動いているのが見えた。目はほとんどとじていて、唇《くちびる》の奥《おく》で歯がレーザーのように光った。

トニーは手をのばして、ぼくの腕《うで》をぐいと引っぱった。

「立て！」どなり声があまりにも大きくて、頭の海の音をかき消すほどだった。「のぞき見したらどうなるか、教えてやる！」トニーはどなって、一歩さがった。体重が片方《かたほう》の足にうつり、もう片方の足が床《ゆか》を離《はな》れ、蹴《け》る姿勢《しせい》になった。

ぼくはうしろむきに階段《かいだん》のほうへころがって、トニーの足からのがれようとした。

「きさま――」

トニーがむかってきた。指がするどいかぎ爪《づめ》のようだ。

そのとき、玄関《げんかん》のベルが鳴った。

トニーの両手が空中で止まった。ふりかえって、誰《だれ》が来たのか、玄関ドアを透《す》かして見ようとしているようだった。それから背中《せなか》をのばし、両手をおろした。顔のねじれをもどし、また人間の顔にもどった。

「おまえの母さんに今のことをひとことでも言ってみろ、はりつけにすんぞ（ピーッ！）わかったか？」

ぼくはうなずいて、飛びおきた。

自分の部屋にかけあがって、ベッドにすわり、吸入器《きゅうにゅうき》を何回か使った。一階のキッチンで、トニーが誰かとしゃべっているのが聞こえる。

海の音はまだ聞こえていたけど、遠ざかっていた。のどの上のほうで心臓《しんぞう》がドキンドキン鳴っている感じがした。いつもの場所から飛びあがってしまったみたいに。そんなことは不可能《ふかのう》だけど、ストレスによって、へんなことを感じる場合があるんだ。

ぼくは落ちつくためにもうしばらく部屋にいたかったけど、お客さんが帰ったらトニーがやっつけにくるだろうと思うとこわかった。ここではぼくは、きらわれている。母さんはべつだけど、今は仕事でいない。ライアンが帰ってきたら、ぼくがトニーにやられるのを見ているだろう。携帯《けいたい》電話で動画まで撮《と》るかもしれない。ぼくが一度喘息《ぜんそく》の発作《ほっさ》をおこしたときにしたように。

スティーヴンおじさんはトニーと戦えるくらい強いだろうけど、やっぱりここにいなかった。とにかくこの家から一刻《いっこく》もはやく出ることが重要だ。ここは安全とは思えない。

ぼくはかばんに証拠《しょうこ》を全部つめこんで、階段の上に立った。内臓がどろどろに溶《と》けてしまった感じがして、体が熱っぽかった。家のなかは寒いのに。

トニーの声はまだ聞こえていたけど、声の調子が変わって、「また今度な」と言いそうだった。トニーはいつも最後にそう言って、ドアをしめ、工具箱をしまうのだ。

あと一分もしないうちに、家のなかはぼくとトニーだけになってしまう。それなのに、なぜか体が動かない。彫像《ちょうぞう》みたいに、完全にかたまっている。

すると突然《とつぜん》、不思議なことがおこった。おばあちゃんの顔が、ぱっと心に浮《う》かんだのだ。おばあちゃんはにこにこして、すっかり元気になっていて、うなずいている。「あんたなら、できるよ」と言うように。

母さんの顔もおばあちゃんといっしょに、ぼくの心の目に映《うつ》った。それから、スティーヴンおじさんと、カーワナと、クレーン先生の顔も。ぼくの想像《そうぞう》のなかで、みんながはげましてくれた。動いて、逃《に》げて、と。

トニーはぼくをにくんでいるけど、ほかのおおぜいの人がぼくのことを気にかけていて、ぼくのそばにいたいと思っている。そう自分に言いきかせた。ぼくの足がのろのろと動きだした。

何回か大きく息を吸《す》いこむと、ぼくはすばやく動いた。階段《かいだん》をかけおり、もうれつないきおいでキッチンをつっきって、あいていた勝手口のドアから飛びだし、そこにいたフードをかぶった若者《わかもの》をおしのけてたおしそうになった。

うしろでさけんだりどなったりする声が聞こえたけど、ふりかえらなかった。走りに走った。トニーから離《はな》れ、川とジーンさんとカモにむかって。

カーワナとの待ち合わせには一時間は早かったけど、川岸につくと、ジーンさんがまたベンチにもどっていた。

ジーンさんが無事だったのが本当にうれしくて、思わずにこにこしてしまった。川のそばに来ると、トニーへの恐怖《きょうふ》が溶《と》けてなくなっていくようだった。

「あたしに会えてうれしい人がひとりでもいるのは、いいもんだね」ジーンさんが言った。

「どこに行ったのか、心配してました」

「宿泊所《しゅくはくじょ》でめんどうを見てくれたんだよ。一日じゅういさせてくれたんだ」

ぼくはおばあちゃんのことを話した。

「本当によかったね。あたしもうれしいよ」

ぼくはジーンさんが泣きやんでいたことがうれしかった。

ジーンさんの指を見たけど、指輪のことは言わなかった。

「いいんだよ」ぼくが指を見たことに気づいて、ジーンさんが言った。「指輪はなくなったんだ。しかたがないよ。ビリーじいさんがよく言ってるとおり、あたしの思い出はここにしまってある」ジーンさんは頭をポンとたたいた。「誰《だれ》にもうばうことなんかできないのさ」

それは本当だ。ぼくも頭のどこかに、父さんの思い出がしまってある。ぼくには今はおじさんがいるのだから、父さんのことを思いだすのを手伝ってもらえるかもしれない。

「宿泊所《しゅくはくじょ》のスタッフが警察《けいさつ》に通報《つうほう》してくれたんだよ」ジーンさんがつづけた。「それで男に襲《おそ》われた話をして、どんな男で、どんな指輪をとったか説明したんだ。コリンの消えたメダルのこともね。そうしたら、このへんの質店《しちてん》を調べて、店にならんでいるのを見つけたら通報するようにって専用《せんよう》の電話番号を教えてくれたよ」

「それだけですか？」

警察はもっと興《きょう》味《み》を持ってもおかしくないはずだ。

ジーンさんはうなずいた。

「コリンが殺されても屁《へ》とも思わないんだから、指輪がとられたくらいじゃ動くわけないよ、ね？」

「宿泊所で、スティーヴンさんという警備員《けいびいん》を見ましたか？」

「見てないね」

ジーンさんは袋《ふくろ》のひとつに手を入れて、ごそごそさがした。

「はいよ」

そういって、十ポンド札《さつ》をぼくの手におしつけた。

「おばあちゃんが退院《たいいん》するまで、あんたのバス代の足しにしな」

「でも、ジーンさん——」

「シーッ。受けとんなさい。コリンのご遺族《いぞく》が三十ポンドくれたけど、一ペンスも使ってないんだ。あたしとあんたは友だちだし、友だちは助けあうもんだからね」

「ありがとうございます」ぼくはお金をポケットにしまった。

ぼくにはこの世界に最高の友だちがふたりいる。

㊲〈キズガオ〉のかくれ家

「ぼくの友だちのカーワナです」ぼくはジーンさんに言った。「ウガンダから来たんです」

こういうのを「しょうかい」という。知らない人がふたりいて、自分がその両方と友だちだった場合、そのふたりをしょうかいするのだ。クレーン先生は正式なやりかたを教えてくれた。礼儀《れいぎ》正しくすることも。

「お会いできてとてもうれしいよ」ジーンさんが言った。

ジーンさんの手はどろだらけだったけど、カーワナは手をとってあくしゅした。

それからぼくとカーワナはジーンさんにさようならを言って、通りにもどった。

カーワナはスパイダーマンみたいだった。上から下までぴったりした黒い服を着て、運動ぐつまで黒かった。

「よじのぼらないといけないかもしれないから」とカーワナは言った。

ぼくもそういう服があればよかった。カーワナは「CSI《シーエスアイ》：科学捜査班《そうさはん》」を見たことがないと言ったけど、めだたないように暗い色を着ることはなぜか知っていた。

カーワナはちっともこわがっていないようだった。だから、ぼくは自分がリーダーではないような気持ちになった。

でもそのあと、カーワナがぼくの計画を手伝いにきたことを思いだした。計画を立てたのはぼくなのだ。刑事《デカ》のボスのように。それに、記録や証拠《しょうこ》を全部持っているのもぼくなのだ。


ぼくたちは団地《だんち》に入って、ウォルトン通りの角《かど》で立ちどまった。７：41ｐｍだ。

カーワナに〈キズガオ〉の家の場所を教えた。部屋の明かりは消えていた。

「ホシが家にいるかどうか確認《かくにん》する必要がある」ぼくは言った。

カーワナは通りをわたって、共同住宅《じゅうたく》の家が集まっている袋小路《ふくろこうじ》に入っていった。

二分後に、もどってきた。

「〈キズガオ〉は出かけている」にっと笑って教えてくれた。「信じられないと思うけど、裏口《うらぐち》のドアがあけっぱなしだった！」

部屋に入るのに、窓《まど》をやぶらなくてすむから、ほっとした。それでも警察《けいさつ》は、ぼくたちが令状《れいじょう》なしで人の家に入りこんで証拠《しょうこ》をさがすのをいやがるかもしれない。だけど、誰《だれ》かが〈キズガオ〉の犯罪《はんざい》をあばかないといけない。人殺しまでしているかもしれないのだ。

ぼくは、たとえ刑務所《けいむしょ》に入れられても、ジーンさんのためにそうしたかった。

何も食べていなくてよかった。内臓《ないぞう》がめちゃくちゃにひっくりかえりそうになっている。

作戦を立てるところまではよかったけど、実行するのは、思っていたよりもずっとおそろしかった。

ふたりで道を進んでいった。

ぼくは咳《せき》をした。

カーワナが唇《くちびる》に指をあてた。

「静かにするのが大事だよ、キアロン」カーワナは家の二階を指さした、明かりがついている。

ぼくはちょっといらいらした。咳はどうしても出てしまう。

ぼくはリーダーとして、正しい警察《けいさつ》用語を使うことにした。頭のなかでは、〈キズガオ〉のかくれ家にぼくたちが侵入《しんにゅう》する理由を、警察がわかってくれますように、と祈《いの》った。

「よし、裏口《うらぐち》から入るぞ。手袋《てぶくろ》をつけたか?」

カーワナはうなずいた。

ふたりで裏口のドアにしのびよって、おしあけた。ゆっくりと。〈キズガオ〉は外出するときにドアを引っぱってしめたけど、しまりきっていないことに気づかなかったんだ。

懐中電灯《かいちゅうでんとう》を持ってくることを思いつかなかったから、キッチンの明かりをつけた。カウンターの上はすみからすみまで、よごれた鍋《なべ》やビールの缶《かん》でいっぱいだった。ピザの箱が床《ゆか》のあちこちに散らばっている。くさったようなにおいがする。

さがすような引き出しや戸棚《とだな》さえなかった。コンロと電子レンジと流し台とテーブルがあるだけ。

明かりを消して、もうひとつの部屋に入った。居間《いま》と寝室《しんしつ》をかねている部屋だった。

「手ばやくしようぜ」ぼくは言った。

胸《むね》のなかでドキドキ鳴っている心臓《しんぞう》が、口のほうまで飛びだしてきそうだった。〈キズガオ〉は今にももどってきて、ぼくたちをネズミのようにつかまえてしまうかもしれない。ぼくたちをなぐるかクスリを飲ませるかして監禁《かんきん》するかもしれない。こんなところじゃ、誰《だれ》もさがしにこないだろう。

「キ・ア・ロン」カーワナがおしころした声で言うと、おそろしい想像《そうぞう》は消えていった。

「早くさがそう」

ぼくたちはジーンさんの息子《むすこ》の指輪をさがしはじめた。明かりをつける必要はなかった。街灯《がいとう》のオレンジ色の光が部屋を照《て》らしている。

カーペットは古くてよごれていた。くつの裏《うら》がべたべたくっつく。ぼくたちはソファのクッションをどけて、わきの部分を手でさぐった。

何もない。

部屋の角《かど》に木製《もくせい》の家具があったけど、テレビはのっていなかった。カーワナは引き出しをひとつあけて、からまりあったコードのあいだをさがしはじめた。

よその家のなかにいるというのは、ものすごくへんな感じだ。

ぼくたちのたてる音が大きくなり、時間がたつのが速くなった感じがした。

心臓《しんぞう》が胸骨《きょうこつ》にドキンドキンとぶつかっている。

ぼくはソファの下と椅子《いす》の下を見た。

何もない。

そのとき、コーヒーテーブルの上に、〈キズガオ〉のニット帽《ぼう》が見えた。持ちあげると、下にかくれていたものが、キラッと光った。

「ジーンさんの指輪だ！」ぼくは声をあげた。

カーワナは手袋《てぶくろ》をした手に、星形のものを持って、見つめていた。

「それは何？」

カーワナは手を大きく広げて見せてくれた。それは金と銀でできていて、まんなかへんにいろんな色があった。
ぼくは光にかざして、キラキラするきざまれた文字を読んだ。
「これは、コリンさんの勇気のメダルだ」
カーワナがカーテンのすきまから外をのぞいた。
「誰《だれ》かが来る」ひそひそ声で教えてくれた。
内臓《ないぞう》がのどのほうにせりあがってきた。
ぼくは息をいっぱい吸《す》いこもうとした。吸入器《きゅうにゅうき》をつかんで、吸いこんだ。
カーワナはさっき裏口《うらぐち》のドアに鍵《かぎ》をかけていた。
ふたりでソファの裏側に入りこんでかくれた。
「男が入ってきたらすぐ、命がけで逃《に》げよう」カーワナが言った。
おしっこがもれる、と思った。
ぼくは息を止めた。
誰かが裏口のドアの鍵を外からあけている。
「〈キズガオ〉だ」
カーワナがはじめておびえた声を出した。
ぼくは胸《むね》がしめつけられる感じがした。吸入器をとりだしたかったけど、ポケットがソファの裏側《うらがわ》におしつけられていて、手を入れられない。

「落ちついて、キアロン」

「喘息《ぜんそく》なんだ」ぼくはあえいだ。

裏口のドアがバーンとひらく音がした。〈キズガオ〉が悪態《あくたい》をついた。入ってくるとき、何かにつまずいたのだ。

パチンとキッチンの明かりをつけて、その場でぶつぶつとしゃべりだした。ひとりごとだけど、発音がもやもやしていて、何を言っているかわからない。

「クスリでハイになってる」カーワナがささやいた。

カーワナはソファのはしから、そっと立ちあがった。ぼくはカーワナを引きもどしたかったけど、もういなくなっていた。

体を動かせるようになったから、吸入器《きゅうにゅうき》をとりだせた。二回吸《す》いこんだら、息が楽になった。

カーワナはそっと歩いていって、ドアのわずかなすきまから、〈キズガオ〉をのぞいた。それから、しのび足でソファにもどってくると、ささやいた。

「キアロン、行こう。ぼくが声をかけたら、いっしょに男の前を走りぬけて裏口から逃《に》げる。いいか?」

ぼくはうなずいた。ジーンさんの指輪とコリンさんのメダルは見つけた場所にもどしてあった。証拠品《しょうこひん》を持ちさったら、警察《けいさつ》は〈キズガオ〉がぬすんだことを証明できなくなるから。——コリンさんを殺したことも。

ぼくはそっと、カーワナのいる居間《いま》のドアまで行った。

「今だ！」

カーワナがドアをさっとひらき、ふたりでキッチンにかけこんだ。ぼくはカーワナのうしろにぴたりとついていた。

〈キズガオ〉はびっくりして、持っていたピザを落とした。

「な、何……」

カーワナは〈キズガオ〉をおしのけて、裏口のドアの取っ手をつかんだ。

〈キズガオ〉はすばやくふりむいて、ぼくの顔をなぐった。

鼻から血が出てくるのがわかった。

カーワナはぼくがついてきていると思いこんで、外に走りでた。

〈キズガオ〉はぼくの首をつかんで、ぼくの頭を壁《かべ》にたたきつけようとした。

「てめえ、ここで何してるんだ？」〈キズガオ〉がさけんだ。

「ジーンさんの指輪をさがしにきました」ぼくはなんとか息を吸いこみながら、そのあいまに声を出した。

「きったねえチビ野郎《やろう》が」〈キズガオ〉は毒づいた。「あの指輪と、あのおいぼれのメダルを、やっと売る算段《さんだん》をつけたんだ。携帯電話《けいたい》やiPad《アイパッド》じゃなくて残念だったぜ。すぐに売っぱらえたのによ」

〈キズガオ〉はさらにきつく、ぼくの首をしめつけた。

ぼくは悲鳴をあげようとしたけど、息がなくなってきていた。吸入器《きゅうにゅうき》を使いたかった。

〈キズガオ〉の目は完全におかしくなっていて、顔はだんだんぼやけてきていた。ぼくの耳のなかでは、海の音が荒《あ》れくるっていた。〈キズガオ〉の口が動いていたけど、何を言っているのか、もう聞こえなかった。

カーワナの影《かげ》がさっともどってきて、カウンターの上から何かをつかむのが見えた。それを、〈キズガオ〉の頭のうしろに、バシンとふりおろした。

〈キズガオ〉は目を見ひらいたあと、うしろによろけると、奥《おく》の壁《かべ》に沿《そ》ってへなへなとしずみこんだ。

つぎの瞬間《しゅんかん》、カーワナが吸入器をぼくの顔にくっつけてきた。

ぼくは吸《す》いこんだ。

息を吐《は》いた。

もう一度吸いこんで、吐いた。

「だいじょうぶか、キアロン?」

ぼくはうなずいて、鼻血をぬぐった。

「死んじゃった?」ぼくの声はガラガラしていた。

「ううん。息をしている」カーワナはまだ片手鍋《かたてなべ》を持っていた。「急ごう。出られるうちに行かないと」

㉘ 通報《つうほう》

　ぼくたちは袋小路《ふくろこうじ》をぬけだして、つぎの通りにかけこんだ。

　そこでぼくは立ちどまって吸入器《きゅうにゅうき》を使い、それからふたりで走りつづけて団地《だんち》のはしまで来た。

　カーワナは家に帰らないといけなかった。

「帰りたくないけど、お母さんが心配するから」カーワナが言った。「ひとりになってもだいじょうぶか、キアロン？」

「うん」

　呼吸《こきゅう》がふつうにもどってきたから、さっきよりずっと楽だった。でも、〈キズガオ〉が追ってきたら、と思うと、ふたりともこわかった。

　カーワナは家に帰れば安全だ。〈キズガオ〉はカーワナの家を知らない。でも、〈キズガオ〉はぼくを見ているから、起きあがったらすぐうちにやってきて、ぼくがしたことをトニーに言いつけるに決まっている。

ぼくはどうしたらいいか、思いついた。

「宿泊所《しゅくはくじょ》に行くよ」と、カーワナに言った。「そうしたら、警察《けいさつ》に通報してもらえるから」

宿泊所につくと、受付のおばさんがこう言った。

「ここは誰《だれ》でも無料で食べ放題ができる場所じゃないんだからね」

ぼくは知っているマナーの技《わざ》をすべて使った。

「おじゃましてすみません。ジーンさんかスティーヴンさんと話をしたいのですが、よろしいでしょうか」

おばさんは読んでいた雑誌《ざっし》に目をもどした。

「ひと晩《ばん》じゅういたらだめだよ」おばさんはこたえた。

ジーンさんはビリーじいさんのとなりにいた。

「ジーンさん、息子《むすこ》さんの指輪がどこにあるかわかりました」ぼくは言った。息がすっかり切れていた。

ジーンさんは口をひらき、またとじると、わあっと泣きだした。

「女の人を泣かしちゃいかんねえ、ぼっちゃんよ」ビリーじいさんが笑った。

「指輪の場所を警察《けいさつ》に知らせないといけないんです」ぼくは言った。

「どこにあるの?」ジーンさんが立ちあがって、急にぼくの両腕《りょううで》をつかんだから、ぼくは石のようにかたくなった。

「〈キズガオ〉の家です」ぼくはつかまれた腕を放そうとした。「そこに、何があったと思いますか?」

ぼくはカーワナがコリンさんのメダルを見つけた話をした。

「あの人殺しが!」ジーンさんがさけんだ。

ビリーじいさんが声をあげて、スティーヴンさんを呼《よ》んだ。

スティーヴンさんはぼくのそばに来た。何があったのかきかれたけど、ぼくはほとんど何もしゃべれなかった。ジーンさんとビリーじいさんが〈キズガオ〉の家のことを伝えると、スティーヴンさんは携帯《けいたい》電話で警察に通報《つうほう》した。

ぼくはスティーヴンさんの顔を間近で見た。目、鼻、口。どの部分が、ぼくの父さんに似《に》ているんだろう。

スティーヴンさんはぼくの肩《かた》に手をおくと、ジーンさんから少し離《はな》れた場所へつれていった。

「きみの母さんは、ぼくが誰《だれ》なのか話してくれたんだね?」

ぼくはうなずいた。スティーヴンさんの顔をただ見つめることしかできなかった。

「何年も前からきみに会おうとしてたんだよ。きみの生活の一部になりたかった。でも、きみの母さんにとっては、むずかしいことだったんだ。トニーがゆるさないんじゃないかと、ずっと心配してたからね」

ぼくは息を吸《す》いこんで、むりやり声を出した。

「誕生日《たんじょうび》カードを、母さんのバッグのなかから見つけました」

「毎年かならず送ってたんだ。そのうち、きみの母さんはトニーに出あって、連絡《れんらく》がとだえてしまった。宿泊所《しゅくはくじょ》できみを見たときは、信じられなかったよ」

「本当にぼくのおじさんなんですか?」

スティーヴンさんはうなずいた。

「きみの父さんの写真をたくさん持ってるし、きみがいっしょに写ってるのもある。まだ赤ちゃんだったころのね。この事件《じけん》が解決《かいけつ》したら、うちに来て、いとこのブラッドリーに会ってほしいよ。ぼくの息子《むすこ》なんだ」

酸素《さんそ》を吸いこみすぎると、頭がくらくらするものだ。この瞬間《しゅんかん》、ぼくはまさにそんな感じだった。まるで、すべての悪いものから遠ざかって、ふわあっと飛んでいくような気分だ。

トニーはあんなに写真を焼きすてたけど、もうそんなことはいいんだ。ぼくのおじさんは、ほかにたくさん、ぼくや父さんの写真を持っているんだから。輪郭《りんかく》だけで中身がなかったぼくの頭のなかの父さんが、本物の父さんにもどった感じがした。

「きみは父親そっくりだよ」スティーヴンさんが言った。「誰《だれ》に何と言われたか知らないけど、きみの父さんはきみのことを何よりも大切に思ってたんだ」

ぼくは、今までとちがうやりかたで、父さんのことをもう一度知りなおすことになるんだ。

スティーヴンさんともっと父さんの話をしたかった。

いろんなことをききたかった。父さんはどんな食べ物が好きだった？　どんなテレビ番組を見るのが好きだった？　どんな声だった？　サッカーは好きだった？

そのとき、警察官《けいさつかん》がふたりやってきた。ひとりは制服《せいふく》の肩《かた》にすじが入っていたから、けっこうえらい人だ。宿泊所《しゅくはくじょ》のなかの人が全員動きを止めて、こっちに歩いてくる警察官を見ていた。

受付のおばさんは、警察官が使えるように、奥《おく》の事務室《じむしつ》へ案内した。

ぼくとジーンさんは事務室に入り、ふたりで、川岸の事件《じけん》について話した。ぼくがはじめて川でコリンさんの遺体《いたい》を発見した日のことから。

「どんな顔の男だったか話せるかい？」えらいほうの警察官が言った。「ブリーム巡査部《じゅんさ》長」と書いたバッジをつけている。

「話せるどころじゃないよ」と、ジーンさんが言った。「この子は、天才画家なんだから」

ぼくはスケッチブックをとりだして、似顔絵《にがおえ》を見せた。それから帽子《ぼうし》をかぶっていない〈キズガオ〉を描《か》いた二枚目《まいめ》の絵も見せた。ジーンさんを襲《おそ》ったときの絵だ。

「これをきみが描いたっていうのか？」もうひとりの警察官が顔をしかめた。「あのねえ、悪ふざけにつきあってるひまはないんだよ」

ぼくは、ジーンさんの指輪とコリンさんのメダルがぬすまれた話をした。それを見つけたあと、そこに残してきたことと、現場《げんば》の証拠《しょうこ》を荒《あ》らさないように、手袋《てぶくろ》なしでは何もさわらなかったことも話した。そして、〈キズガオ〉の家の住所を伝えた。

警察官はカーワナの住所も知りたがった。カーワナにも確認《かくにん》をとるためだ。

「そうとうやられたみたいだな」ぼくの鼻のまわりにかわいた血がこびりついているのを見て、ブリーム巡査部長が言った。

「首を絞《し》められそうだったんです。カーワナがどうにか止めてくれました。片手鍋《かたてなべ》で」

警察官たちは無線で連絡《れんらく》をとるために、外に出ていった。ぼくとジーンさんは待っているように言われた。

壁《かべ》にかかっている時計がカチカチと分をきざんでいた。ぼくとジーンさんは話すことがなくなってしまった。警察官《けいさつかん》が外に出てから長い時間がたつのに、まだ帰ってこない。

「あたしたちを信じてないんだよ」ジーンさんが言った。

スティーヴンおじさんが紅茶《こうちゃ》を一ぱいずつ持ってきてくれた。

「おお」テーブルにおいてあったぼくの絵を見て、スティーヴンおじさんは声をあげた。

「こりゃすごいね」

「絵の天才なんだよ」ジーンさんが言った。「何だって描《か》けるんだから」

「ぼくの兄もこんなふうに絵が上手でしたよ」スティーヴンおじさんはそう言って、ぼくにウィンクした。

ぼくは、前にスティーヴンおじさんがこっちを何度も見ていたとき、おじさんに対してひどいことを考えていたのがはずかしくなった。おじさんは、今は、ぼくたちの秘密《ひみつ》を守ってくれている。ぼくたちがちゃんと話ができるときまで。

一時間近くたって、ようやく警察官たちが宿泊所《しゅくはくじょ》にもどってきて、ぼくたちと同じテーブルについた。スティーヴンおじさんは部屋を出ていった。

「キーラン、きみが話してくれた部屋を、同僚《どうりょう》の警察官が見つけたよ。そこで、ぼうぜんとしている男をひとりつかまえたそうだ」ブリーム巡査《じゅんさ》部長が言った。

「〈キズガオ〉だ」ぼくは言った。

ブリーム巡査部長は咳《せき》ばらいをした。

「本名はジェイソン・ブライアントだ。弱い人を食い物にする地元のヤミ金融《きんゆう》業者で、われわれも前から目をつけていた。亡《な》くなったコリンさんのことをたずねたとたん、かっとなったそうだ。われわれには目撃者《もくげきしゃ》がいると思ったんだろうな。借金の返済《へんさい》がおくれていたから、早くはらってもらおうと、コリンさんの袋《ふくろ》をとろうとしたとき、コリンさんが川に落ちたと言いはっているらしい。コリンさんが泳げなかったのは自分のせいではないともな」

「あの人殺しが！」ジーンさんがまた言った。

ブリーム巡査部長はきびしい顔でぼくのほうを見た。

「きみとわたしとで、いくつかのことについて、話しあったほうがよさそうだ。きみはわれわれの捜査《そうさ》にたいへん有用な情報《じょうほう》を見つけだしてくれたわけだが、勝手によその家に入りこんで、許可《きょか》なく捜索《そうさく》するのはよくないな」

「わかってます」ぼくはテーブルを見つめながらこたえた。「でも、ドアがあいていたし、ぼくはあいつが指輪をぬすむためにジーンさんを襲《おそ》ったのを見たんです」

ブリーム巡査部長は唇《くちびる》をきゅっと結んだ。

「ブライアントはほかにもひじょうに興味深《きょうみぶか》い情報《じょうほう》をもたらした。その件《けん》について、緊《きん》急《きゅう》に追加捜査《そうさ》する必要がある。きみのご両親は家にいらっしゃるかい？」

自分の顔が真っ赤になるのがわかった。

「母さんとトニーは何も知りません。どうして会いにいくんですか？」

ぼくの胸《むね》の内側で心臓《しんぞう》がばくばく鳴っていた。ぼくがトニーのお客さんである〈キズガオ〉のことを通報したと警察《けいさつ》から聞いたら、トニーは怒《いか》りくるうだろう。

ジーンさんがぼくの手にさわって、警察官の顔を見た。

「この子の家庭はいろいろ複雑《ふくざつ》なんだよ」ジーンさんがそう言っても、警察官たちは気づかず、せっせと何か書いていた。

何もかも、おしまいだ。警察がいなくなって、ぼくだけになったら、トニーはとんでもなくおそろしいことをするに決まっている。ぼくと母さんを痛《いた》めつけるに決まっている。

「トイレに行きたいです」ぼくは立ちあがった。

「あんまりおそくなるなよ」ブリーム巡査《じゅんさ》部長が言った。「ほかの犯罪《はんざい》も捜査しないといけないからな。ここにひと晩《ばん》じゅういるつもりはないんだ」

ぼくはせまくて息苦しい事務室《じむしつ》から、広間にもどった。みんながいっせいに顔をあげて、ぼくが何か言うのを待ったけど、ぼくは黙《だま》ったまま出口をめざした。

スティーヴンさんが大声で呼《よ》ぶのが聞こえたけど、ぼくは歩きつづけた。せっかく秘密《ひみつ》のおじさんがいることがわかったのに、家で大げんかがおこったら、何もかもだいなしだ。警察がぼくを家につれかえったら、トニーは何をするだろうと考えた。タイソンのこともぼくがしゃべったと思うに決まっている。ぼくと母さんにものすごく腹《はら》をたてるはずだ。

心臓がぎゅっとちぢまって、かたく小さくなった感じがした。

外に出ると、すずしく湿《しめ》った空気がのどの内側にはりついた。心配ごとを全部吐《は》きだしてしまえればいいのに。いちばんいいのは、止まらずにずっと走りつづけて病院まで行って、おばあちゃんに会うことだ。

「キーラン！」

ふりむくと、警察官のひとりが宿泊所《しゅくはくじょ》の入り口から出てきた。

ぼくは歩くスピードを速くした。さらに速く。気がつくと、どんどん走って裏道《うらみち》にそれて、つかまらないように逃《に》げていた。

もしぼくが逃げたと思われたら、警察はトニーに会いにいかないかもしれない、と自分に言いきかせた。警察より先に家に帰れたら、母さんに何があったか耳打ちして、ふたりだけで家から逃げだせるかもしれない。これ以上のごたごたはいやだ。

何よりも、ぼくのしたことのせいで、トニーが母さんを傷《きず》つけるのは絶対《ぜったい》にいやだ。

39 秘密《ひみつ》と嘘《うそ》

警察《けいさつ》はぼくを家まで追ってこなかったから、何もかもだいじょうぶだと思った。

ところが、だいじょうぶじゃなかった。

通りの角《かど》を曲がったら、家の前にすでにパトカーが二台停まっていた。

ぼくは一瞬《いっしゅん》立ちどまって考えた。ノートとスケッチブックは持っている。スカイ・ニュースのマーティン・ブラントからもらった手紙と写真もある。鉛筆《えんぴつ》セットまで持っていた。おばあちゃんがどこにいるかわかっているから、ぼくは家にもどらなくてもいい。

——家出して一生帰らなくてもいいんだ。

でも、そのとき思いだした。

母さんが家のなかにいる。

ぼくは家のわきの通路をそっと進んで、角を曲がって、キッチンの裏側《うらがわ》の窓《まど》からのぞきこんだ。

キッチンにはおおぜいの警察官がいた。はじめて、トニーとライアンがおびえた顔をしているのを見た。母さんはすみっこに立っていた。背中《せなか》を壁《かべ》にぴたりとつけ、まるでのりでくっついているようだった。

勝手口のドアが半びらきだったから、トニーの声が聞こえた。

「言ったとおりだ。そんなもん持ってない。ジェイソン・ブライアントなんて名前、聞いたこともない」

トニーは母さんをにらみつけた。

「おい、おまえ、何か言えよ。ぼけっとつったってんじゃねえ（ピーッ！）」

母さんはしゃべろうと口をひらいたけど、またとじた。

「何やってんだ、おれを助けろよ！」母さんをにらむトニーの目がさっとほそくなり、手の指の関節をおおう皮膚《ひふ》がのびて白く光るのが見えた。

通路を走ってもどりたくなったけど、母さんをおいていくことなんか絶対《ぜったい》にできなかった。

ぼくはキッチンにもぐりこみ、制服姿《せいふくすがた》の人たちのうしろに立って、ドアをしめた。

お客さんが来るときはキッチンに入ってはいけないことになっていたけど、ぼくは警察官を間近で見たくてたまらなかった。どの人もブリーム巡査《じゅんさ》部長より強そうだった。警察官のいろんな持ち物がぶらさがっているベルトを、ぼくもほしくなった。

「出ていけ」トニーがそう言って、歯をかみしめた。目があっちこっち動いている。ライアンは廊下《ろうか》に出る戸口に立っていた。青ざめていて、床《ゆか》を見つめている。警察官《けいさつかん》たちがいたから、ぼくは勇気が出た。

「ぼくは母さんのそばにいたい」ぼくは言った。

トニーはぼくをまっすぐ指さした。

「出ていけ、この低能《ていのう》が！」

「今のはあまり好ましい言いかたではないな、トニー」警察官のひとりがそう言って、にこにこしながらぼくを見た。「感じのよさそうな若者《わかもの》だ。きみ、名前は？」

「キーランです」ぼくは警察官のベルトを見た。そうとうすごいものがついているから、もしトニーがぼくにむかってきても、これで攻撃《こうげき》を止めてもらえそうだ。

トニーはぼくをすごいいきおいでにらんでいた。何も言わないけど、頭のなかにある言葉はわかった。出ていけ、低能。出ていけ。

母さんが目をふせた。骨《ほね》ばった指を引っぱったり組みあわせたりしている。母さんはやせて小さく見えた。となりにいる大きくて太ったトニーにくらべて。

ぼくは動かなかった。

「きみは親切そうな若者だ」警察官がベルトを軽くたたきながら言った。「いくつか質問《しつもん》させてくれないか」

「だめだ！」トニーは警察官に対して完全に腹《はら》をたてていた。ぼくのほうにも怒《おこ》った目をむけた。「こいつに話しかけるな。見りゃわかるだろ。まともじゃない。自分で何を言ってるかわからないんだ」

「クレーン先生は、できるだけ警察官を助けなさいと言ってます」ぼくは言った。

「このあたりのみんながそう思ってくれないのが残念だな」警察官のひとりが言うと、ほかの制服組《せいふくぐみ》がみんな笑った。トニーとライアンは笑わなかった。

「キーランはかしこそうな若者だ」最初の警察官が言った。どうやらリーダーのようだ。

「今、きみのお父さんとお兄さんにいくつか質問をしていたところなんだ」

「本当の父さんと兄さんじゃありません」ぼくは言った。

警棒《けいぼう》の頭が見えた。革製《かわせい》の鞘《さや》に入っていて、鞘はスナップでベルトにとめてある。警察官がほかの人に何か話そうとふりむいたとき、手錠《てじょう》が見えた。

「さてと……」警察官はさっきよりもゆっくりと大きな声でしゃべった。トニーに話しかけているけど、ぼくのほうを見ている。「あんたはこの家で薬物を売ってはいないのだな、トニー？」

警察官《けいさつかん》は、ぼくに信用してもらって、知りたいことをしゃべってもらいたがっていた。これは情報《じょうほう》を得るためによく使われる方法で、「CSI《シーエスアイ》：科学捜査班《そうさはん》」で見たことがある。ときには、警察は知りたいことを知ると、そのまま現場《げんば》を離《はな》れてしまう。つまり、ぼくが知っていることを話せば、警察はいなくなり、ぼくと母さんだけでトニーと立ちむかわなくてはならなくなるのだ。

すると、べつの警察官が言った。

「ひょっとして、誰《だれ》かがドアのところに来て、お金と引きかえにトニーから何かを受けとるのを、見た人はいないかな？　それがわかると、とても助かるんだが」

「＃＊и¢！（ピーッ！　ピーッ！　ピーッ！）」トニーがどなった。とてもここに書けない言葉で。

どうしてトニーがお客さんのことを警察に知られたくないか、よくわかっていたけど、ぼくはしゃべってはいけないことになっていた。今までトニーが何度も口をチャックでしめるしぐさをして、手をげんこつの形にしたのを思いだした。

警察官のリーダーがぼくのほうを見た。

「そこには何が入っているんですか？」ぼくは警察官のベルトについている、ふたつきの物入れを指さした。

「これか?」警察官は物入れをあけて、何かを引っぱり出した。「懐中電灯《かいちゅうでんとう》だよ、キーラン。暗がりのなかで見たり、かくれたものをさがすときに使うんだ」

警察官はトニーのほうを見た。口を結んできびしい顔をしていた。

「クラックはどこだ、トニー?」

「何のことかわからないな」トニーはもうおびえていないようだった。

「何の話かぜんぜんわかんないよね、父さん?」ライアンの声はかすかにふるえていた。こわがっていないところを見せるために、笑おうとしていたけど、まぬけに見えただけだった。

「そのとおりだ。そこにいる低能《ていのう》と同じくらい、わかってないってことだ」トニーはにやにやした。

一瞬《いっしゅん》、部屋のなかは静かになった。

そのとき、びっくりすることがおこった。

母さんが指をねじくるのをやめて、顔をあげたのだ。

「この子の名前は、キーランよ」

声が小さくて、少しふるえていたけど、それでもみんなが母さんのほうを見た。

「今、何と言った?」トニーが警告《けいこく》するときの声を出した。静かで落ちついて聞こえるけど、ものすごく怒《おこ》っているときの声だ。

母さんの顔からみるみる色がなくなった。ほっぺたのまんなかにあるふたつのピンク色の部分をのぞいて。母さんはトニーに口ごたえしたことなんかなかった。

「この子はあたしの息子《むすこ》で……名前はキーランよ」母さんは言った。「低能《ていのう》と呼《よ》ばないで」

「きさま……」トニーが母さんのほうに一歩ふみだした。警察《けいさつ》がいるのに。

ぼくの頭のなかは大量の絵でうめつくされた。

母さんのあざだらけの顔。

タイソンのやせおとろえた体。

毎晩《ばん》毎晩、自分の部屋でひとりぼっちで過《す》ごしていたこと。

トニーが好き勝手に人を傷《きず》つけてばかりいるのを、誰《だれ》かが止めないといけないんだ。

ぼくはすばやくキッチンから飛びだして、階段《かいだん》の下の物置にむかった。

「キーラン、もどってくるんだ!」警察官がさけんだ。

ぼくはそうじ機をどけて、しきものを引っぱりあげた。

床板《ゆかいた》の下から工具箱をとりだして、急いでキッチンにもどった。

「あなたがさがしているものです」ぼくは言った。

「黙《だま》れ、この――」トニーがぼくに飛びつこうとしたけど、警察官たちがいっせいにトニーに飛びついた。ひとりはライアンの腕《うで》をおさえて、背中《せなか》にまわしている。

「そいつは何も知らないんだ！」

だけど、ぼくは知っていた。

みんなが思っているより、ずっと多くのことを知っていた。

「薬物はこのなかの小さな袋《ふくろ》に入っています」ぼくは工具箱をふった。「そのふたりの指紋《しもん》がいっぱいついているはずです。鑑識《かんしき》がすぐに見つけられると思います」

母さんは両手で口をおさえ、工具箱を見つめている。

「どういうこと？　薬物をこの家で売ってたの？　あたしたちの家で？」

「母さんが仕事でいないあいだに買いにくるんだ」ぼくは言った。

「あなたは何も知らなかったっていうんですか？」警察官のリーダーが母さんにきいた。

トニーが冷たくいじわるく笑った。

「おい、じょうだんだろ。そのふたりがおれの『取引』について知るわけないだろうが。どっちも脳みそがわりにブタのクソがつまってやがる。この母親にしてこの息子ありってか」

ぼくは深く息を吸《す》いこんで、気が変わらないうちに、一気にしゃべった。

「『バカ』の意味は、警察に何もかも白状《はくじょう》したのに自分で気がつかないことです」

トニーは顔を赤黒くして、こっちにむかってふみだそうとしたけど、突然《とつぜん》ぼくの言葉の意味に気づいて、ほっぺたがさっと青ざめた。

「非常《ひじょう》に有益《ゆうえき》なお話でしたよ」警察官《けいさつかん》のひとりが手錠《てじょう》をふりまわしながら、にっと笑った。「署《しょ》までご同行いただいて、あなたの言う『取引』についてもっと話していただけないですかね？」

「ぼくは悪くない」ライアンがつぶやいて、廊下《ろうか》へあとずさった。「袋《ふくろ》につめろって言われたんだ。中身が何だか知らなかった」

「きみはもうすぐ十七歳《さい》だ」最初の警察官がこわい顔をして言った。「いっしょにつれていけ」

キッチンのなかでいっせいに腕《うで》や手がばたばた動きまわり、警察官たちはトニーとライアンをとりかこんだ。ぼくが壁《かべ》をつたって母さんのとなりまで行くと、母さんは手をのばして、ぼくの手をしっかりにぎってくれた。母さんの顔を見あげると、ぎゅっと目をつぶっていたものの、涙《なみだ》がほっぺたをつたいおちていた。

ライアンはじっと立ったまま、警察官に手錠をかけられた。ぼくのほうを一度見たけど、その目はただ大きくてどんよりしていた。怒《おこ》ったりぎらついたりしていなかった。

トニーのさけび声はあまりにも大きくて、何を言っているのかわからなかった。

でも、もうトニーの声を聞いてもこわいとも思わなかった。

母さんとぼくは道をあけて、トニーが蹴《け》ったりさけんだりしながら引きたてられてドアから出ていくのをながめた。ライアンには警察官がひとりだけついていた。ライアンは小さい子どものように泣いていた。

ぼくは胃《い》のなかがきゅっとなった。もしライアンに絵の描《か》きかたを教えていいと、トニーが言っていたら、ライアンとなかよくなれただろうか。

「待って」勝手口まで来たとき、ライアンが言った。警察官に何かつぶやくと、警察官はライアンのうしろを見まわして、キッチンの戸棚《とだな》の上をまさぐった。

警察官は手のなかのものを見つめ、ライアンのほうを見た。

「あいつにあげてください」ライアンがうなずいて言った。

ぼくが手のひらを出すと、警察官は何かをぽんとおいた。

「ごめん」ライアンはそう言って、また泣きだした。

それから警察官がライアンを家の外へつれだした。

ぼくは自分の手のひらを見おろした。それは、鉛筆《えんぴつ》セットから消えた、あの鉛筆けずりだった。

㊵ かしこい少年

クレーン先生は、よい物語には、はじまりとまんなかとおわりが必要だといつも言う。はじまりは、ぼくが川でコリンさんの遺体《いたい》を見つけたことだ。まんなかは、トニーが失業して家にお客さんが来るようになったことだ。これから書くのはおわりのところだ。

看護師《かんごし》さんたちがチューブやパイプをすべてとりはらい、おばあちゃんはまくらをたくさんしいて、ベッドに起きあがっていた。

「じゃあ、トニーとライアンは逮捕《たいほ》されて、警察《けいさつ》に連行《れんこう》されたんだね？」おばあちゃんは紅茶《こうちゃ》をすすった。

ぼくはうなずいた。スティーヴンおじさんがぼくと母さんを病院まで送ってくれて、ぼくはこれまでのことを全部おばあちゃんに話すことができたのだ。

「トニーは毒づいてあばれたけど、警察官たちはひょいって庭に追いだしたんだ。布人《ぬのにん》形《ぎょう》みたいに」

「それで、ライアンは？」

「ライアンは悲しんでた。しばらく少年院に入らないといけないかもしれないって、警察官が言ってた。自分が何をしているのかよくわかっていて、父親を手伝っていたからって」

「当然の報《むく》いだよ」おばあちゃんが言った。「あんたのこと、ひどい目にあわせてきたんだから」

ぼくはポケットの鉛筆《えんぴつ》けずりをにぎりしめた。

「ライアンもぼくと同じくらい、トニーがこわかったんだと思う」ぼくはそっと言った。

看護師さんがバインダーにはさんだ紙に何かを書いて、口をひらいた。

「グラディスさん、とてもいい調子ですよ。このぶんなら、あと一日か二日でおうちに帰れそうですね」

それを聞いて、母さんがうれしそうになったのがわかった。家でトニーが逮捕されてからずっと、母さんはとても静かにしている。

おばあちゃんは手をのばして、母さんの手にさわった。

「何もかも落ちつくよ」

母さんはうなずいた。

「母さん、声はどこに行っちゃったの？」看護師《かんごし》さんがいなくなってから、ぼくはきいた。

「ほとんど何もしゃべってないよ」

母さんは返事をしなかった。

「新しい公営住宅《こうえいじゅうたく》が決まったから、引っこしの準備《じゅんび》をはじめたほうがいいよ」おばあちゃんが言った。静かな時間を、前むきな考えでうめていこうとしているんだ。

おばあちゃんが言ったのは、ぼくと母さんがまたおばあちゃんといっしょに住めるようになるということだ。トニーがまだいなかったころのように。


ぼくたちが泊《と》まっている民宿《みんしゅく》は、スティーヴンおじさんがお金を出してくれたのだけど、せまくて、バスルームが共用だったから、便座《べんざ》におしっこをひっかけたままにする二階のおじさんと同じトイレを使うしかなかった。

学校に通うのに毎日バスに乗らないといけなかった。でも、トニーとライアンと暮《く》らすより、ずっとずっとましだった。

ぼくは母さんのほうを見た。椅子《いす》にすわっている母さんは、まるで迷子《まいご》の小鳥のように、小さく見えた。

「これからぼくたち、だいじょうぶだよね?」ぼくはまたおばあちゃんにきいた。

「だいじょうぶ」おばあちゃんはこたえた。「あんたの母さんがわたしの世話をしてくれるから、あんたは学校でいい成績《せいせき》をとれるようにがんばるんだよ。イブニング・ポスト新聞で働けるようにね。昔から夢《ゆめ》だったもんね」

その言葉はすてきだったけど、ぼくのおなかの感覚とはちがっていた。

おばあちゃんは、ジーンさんとカーワナをうちに呼《よ》んで、ぼくたちの新しい門出《かどで》を祝ってかんぱいしたらいいんじゃないかと言った。生活の何もかもが急に変わったけど、まだ現実《げんじつ》のことだと思えなかった。

週末のことを考えると、体じゅうがちくちくするくらい、わくわくした。スティーヴンおじさんがむかえにきて、自分の家につれていってくれることになっている。そこではじめて、いとこのブラッドリーに会えるんだ。

いろんなことがうまくいきはじめているけど、まだまだ時間はかかりそうだ。

ぼくは母さんのほうを見た。

「どうして悲しいの?」

「あのね、キーラン。あたしはなんともないから」母さんはため息をついた。「心配するの、やめて」

いちばん心配そうにしているのは母さんだ。ぼくじゃなくて。どうしてなのかわからない。もうトニーはいないのに。警察《けいさつ》は母さんに、トニーは「前科《ぜんか》」があるから保釈《ほしゃく》はされない、とまで言っていた。つまり、前にも犯罪《はんざい》をおかしていたということだ。

「これからは、だいじょうぶだよ」ぼくは言った。

百パーセント確《たし》かだとは思わなかったけど、そう聞こえるようにがんばった。もし母さんがちょっとおびえていたとしたら、そういう言葉は助けになると思ったんだ。

母さんは返事をしなかった。

「人間って、誰《だれ》かといっしょにいないと生きていけないって思うこともあるんだよ」おばあちゃんがぼくにウィンクした。「でも、覚えておくんだよ。本当にいつでもたよりにできるたったひとりの人間は、自分自身なんだってね」

「ぼくのこともたよりにしていいよ、母さん」ぼくは言った。

母さんのほうに体をよせて、ぎゅっとだきしめた。彫像《ちょうぞう》になった感じはしなかった。

「わかってる」母さんがそう言って、にっこりした。今度は本物の笑顔だった。

ぼくは目をとじて、この瞬間《しゅんかん》を絵に描《か》いた。頭のなかで。

この絵のなかにいるマッチ棒《ぼう》人間は、みんないい人たちだ。誰もあちこち走りまわっていないし、ぼくのことをバカと言う人も、母さんを傷《きず》つける人ももういない。

ローレンス・スティーヴン・ラウリーはかつてこう言った。

「絵を描くのに脳《のう》みそはいりません。感じることができれば、それでいいのです」

ぼくにはその意味がよくわかる。

この新しい気持ちで、ぼくはすばらしい絵を描きたい。

トニーとライアンがつれていかれたあと、ぼくは警察官に、ノートに書きうつしたナンバープレートのリストと、トニーのお客さんの何人かを描いた似顔絵《にがおえ》をすべて見せた。

警察官は言った。

「きみほどかしこい《スマートな》少年は見たことがないよ」

訳者《やくしゃ》あとがき

キーラン・ウッズの物語はいかがでしたか？

わたしはこわがりなので、いきなり川に死体が浮かんでいるところでドキリとし、主人公の行動にもまたドキリとしましたが、すぐにキーラン少年の語りに引きこまれていきました。そして、殺人事件《じけん》がおこったと思って解決《かいけつ》に乗りだすキーランの行動と、じょじょに明らかになっていく真実にはらはらしながら、最後まで一気に読みました。

けれどもじつは最初、読みすすめるのがつらい話だとも思いました。主人公キーランは、お母さんと、「父さん」と呼《よ》ばされているけれど本当の父親ではないトニーと、トニーの息子《むすこ》のライアンと四人で暮《く》らしているのですが、その「父さん」のトニーがとんでもない人なのです。家のなかで暴力《ぼうりょく》をふるい、家族を支配《しはい》しています。お母さんはトニーの言いなりです。キーランは家にいるのがこわいので、しょっちゅう外に出て、近所の川のまわりをぶらぶらするしかありません。この作品には、暴力、虐待《ぎゃくたい》、差別、薬物依存《いぞん》など、重い問題がつぎつぎと出てくるのです。

ところが、物語全体の雰囲気《ふんいき》はけっして暗くありません。むしろ、ユーモアや温かさを感じさせ、笑いたくなることもあります。それは主人公キーランの個性《こせい》と魅力《みりょく》によるものと、わたしは思います。キーランは、きびしい現実《げんじつ》のなかでもへこたれず、自分の頭を使って対処《たいしょ》方法を編《あ》みだしていきます。だからこそ、読んでいると、思わずキーランを応援《おうえん》したくなるのです。

また、この作品には心にひびく場面が多々あります。わたしは、キーランが自分をささえてくれる人たちのことを思いだして、勇気を持って逃《に》げだす場面が好きです。キーランの勇気は、読者であるわたしたちに力をあたえてくれます。そして、キーランに生きぬく力があるのは、おばあちゃんなど、キーランのことを思っているすてきな人たちがいるおかげなのだと気づき、温かい気持ちになるのです。物語を最後まで読んだとき、わたしは爽快《そうかい》さと希望を感じました。

キーランはイギリスの中等学校に通う九年生で、日本でいうなら中学二年生くらいの年ごろです。作品のなかで、キーランはほかの人とすこしちがうところがあり、学校では学習補助《ほじょ》の先生がついていると書かれていますが、それ以上《いじょう》の説明はありません。作者のキム・スレイターさんは、この作品を書くとき、キーランの声がはじめからこのとおりに聞こえてきたのだそうです。そこで、キーランのインスピレーションになった人がいるのかたずねたところ、特定の人はいないけれど、これまで学校で長く働いているあいだに、多くの自閉症《じへいしょう》あるいはアスペルガー症候群《しょうこうぐん》の子どもたちを見てきたと教えてくれました。本の出版後《しゅっぱんご》は、そのような特性《とくせい》を持つ人やその周囲の人から感想をもらうと、とくに心を動かされるそうです。作者が考えるキーランの美点は、ふつうの人とちがったものの見方をし、人を見た目で判断《はんだん》しないこと。わたしたちがまわりの世界を新たな目で見るようになり、自分の見方がどんなふうにかたよっているか気づくようになる、そんな力がキーランにあると思いますと、キム・スレイターさんは語ってくれました。

さて、この作品の特徴《とくちょう》のひとつに、固有名詞《こゆうめいし》がたくさん出てくることがあります。その多くは実在《じつざい》の人物や場所や作品です。いくつかをかんたんにご紹介《しょうかい》します。

キーランが殺人事件《じけん》の解明《かいめい》にかかわろうとしたのは、もともと犯罪捜査《はんざいそうさ》に強い興味があるからでした。とくにテレビドラマ「CSI《シーエスアイ》：科学捜査班《そうさはん》」シリーズは再放送を何度も見て、捜査の手法を覚えこんでいます。これは実在するアメリカの刑事《けいじ》ドラマで、二〇〇〇年から二〇一五年まで、毎年新しいシリーズが制作《せいさく》され、日本でも放映《ほうえい》されました。また、キーランがあこがれているマーティン・ブラントは、実際に一九八九年からずっとスカイ・ニュースの事件記者として活躍《かつやく》しています。多数の情報提供者《じょうほうていきょうしゃ》とつながりを持ち、数々の特ダネを報道してきたベテラン記者です。

アメリカ人俳優《はいゆう》のジョージ・クルーニーとジョニー・デップは日本でも有名でしょう。ジェイミー・オリヴァーは一九七五年生まれのイギリスの料理人で、BBC《ビービーシー》テレビの料理番組「裸《はだか》のシェフ」に出て人気者になりました。子どもたちの多くが栄養《えいよう》のある食事をしていないことに危機感《ききかん》を持ち、二〇〇五年からイギリスの公立学校で給食改革《かいかく》運動をはじめ、大きな成果をもたらしました。有名人になった今も、世界中でレストランを経営《けいえい》しながら、食育活動を続けています。日本でもテレビ番組が放映され、料理本が翻訳《ほんやく》出版《しゅっぱん》されています。

青少年美術《びじゅつ》コンクールの審査員《しんさいん》として登場するジュリア・ドナルドソンは、一九四八年生まれのイギリスの作家で、子どものための歌や劇《げき》、物語や絵本など多くの傑作《けっさく》を生みだしています。これまでに二百冊《さつ》近い本を出版し、なかでも「グラファロ」という怪物《かいぶつ》が出てくる絵本『*The Gruffalo*』（邦訳《ほうやく》『もりでいちばんつよいのは？』アクセル・シェフラー絵、久山太市訳、評論社）は、現在、六十五の言語に翻訳され、世界中で千三百五十万部も売れているそうです。

絵を描《か》くことが得意なキーランが尊敬《そんけい》するL《エル》・S《エス》・ラウリー（一八八七年～一九七六年）は、イングランド北西部の工業地帯の風景やそこで暮《く》らす人々を描いたことで有名なイギリスの画家です。ラウリーは油絵を描《か》くとき、基本的《きほんてき》に絵の具を五色――アイボリーブラック（黒）、バーミリオン（朱色《しゅいろ》）、プルシアンブルー（紺青色《こんじょういろ》）、イエローオーカー（黄土色）、フレークホワイト（鉛白《えんぱく》）——しか使いませんでした。マンチェスター市西側のサルフォード・キーズにある複合《ふくごう》文化施設《しせつ》「ザ・ラウリー」には、ラウリーの作品を常設展示《じょうせつてんじ》する美術館《びじゅつかん》があり、その作品の一部をインターネットで見ることもできます。

この物語の舞台《ぶたい》となっているノッティンガムも実在《じつざい》するイングランド中部の都市で、その南側をトレント川が流れています。キーランと同じように、グーグルアースで見てみると、川には水鳥が泳ぎ、川岸には緑の葉をつけた木々が生え、気持ちのよい景色《けしき》が広がっています。じつは作者のキム・スレイターさんはノッティンガムで生まれ育ちました。作品では、トレント川や町の情景《じょうけい》がていねいに描写《びょうしゃ》され、作者の郷土愛《きょうどあい》を感じることができます。

キム・スレイターさんは子どものころから物語を書くのが好きで、弟をおどかそうと、こわい話を書いていたそうです。大人《おとな》になってからは、ノッティンガム市内の複数《ふくすう》の学校で会計管理の仕事をしていました。そして作家をめざし、何年間も原稿《げんこう》を書いてはエージェントに送りつづけましたが、残念ながら採用《さいよう》されませんでした。そこで四十歳《さい》のとき、ノッティンガム・トレント大学に入りなおし、文芸創作《そうさく》を学ぶことにします。そしてあるとき大学の課題で書いた短編《たんぺん》に自分なりに可能性《かのうせい》を感じ、学内の批評会《ひひょうかい》でも好評だったことから、その短編を発展させて長編《ちょうへん》小説を書きあげました。すると、たちまちエージェントから申し入れがあり、出版《しゅっぱん》が決まったのです。こうして二〇一四年に刊行《かんこう》されたのが、この本の原作で作者のデビュー作である『Smart《スマート》』です。

この作品はチルドレンズ・ブック賞やカーネギー賞を含《ふく》む二十三の賞の候補《こうほ》になり、そのうちイギリスのリーズ市の学校図書館と市立図書館が主催《しゅさい》するリーズ図書賞など、十もの賞を受賞しました。

作者はすでに二作目を書きあげ、その作品は『A Seven Letter Word』というタイトルで二〇一六年三月にイギリスで出版されています。

キム・スレイターーさんは夫のマックさんとともに、今もノッティンガムに住んでいます。三人の子どもたち――キムさんの娘《むすめ》のフランチェスカさんと、マックさんの息子《むすこ》のネイサンさんとジェイクさん――はいずれも成人しているとのことです。

二〇一六年九月

武富《たけとみ》　博子《ひろこ》

＊本文中、差別的な用語が使用されている部分がありますが、作品の性質上、そのままといたしました。

著者：キム・スレイター Kim Slater
イギリスの作家。小さいころから物語をつくることが好きだった。ノッティンガム・トレント大学で英語と創作を学び、2014年、本書『スマート—キーラン・ウッズの事件簿—』でデビュー。この作品が高い評価を得、リーズ図書賞など10の賞を受賞。カーネギー賞候補にも名を連ねた。続いて、『セブン・レター・ワード—7つの文字の謎—』（評論社）を発表。現在、イギリスで最も注目される新人作家の一人。

訳者：武富博子 Hiroko Taketomi
東京生まれ。幼少期に、メルボルンとニューヨークで暮らす。上智大学法学部国際関係法学科卒業。主な訳書に『13の理由』（講談社）、「動物探偵ミア」シリーズ（ポプラ社）、「魔法ねこベルベット」シリーズ、『闇のダイヤモンド』、『沈黙の殺人者』、『セブン・レター・ワード—7つの文字の謎—』（以上評論社）などがある。

スマート—キーラン・ウッズの事件簿—
二〇一六年十月三〇日　初版発行
二〇一八年三月一〇日　二刷発行
◆著　者　キム・スレイター
◆訳　者　武富博子
◆発行者　竹下晴信
◆発行所　株式会社評論社
〒162-0815　東京都新宿区筑土八幡町2-21
電話　営業〇三-三二六〇-九四〇九
編集〇三-三二六〇-九四〇三
◆印刷所　中央精版印刷株式会社
◆製本所　中央精版印刷株式会社
乱丁・落丁本は本社にておとりかえいたします。

ISBN978-4-566-02452-6　NDC933　p.304　188㎜×128㎜
http://www.hyoronsha.co.jp